W0351943

AUF DEM WEG ZU UNS SELBST. ENTWICKLUNGSPOLITISCHE AUSSAGEN AFRIKANISCHER SCHRIFTSTELLERINNEN«

Arbeitspapiere aus dem RLI, Nr. 8

Politische Karte Afrikas

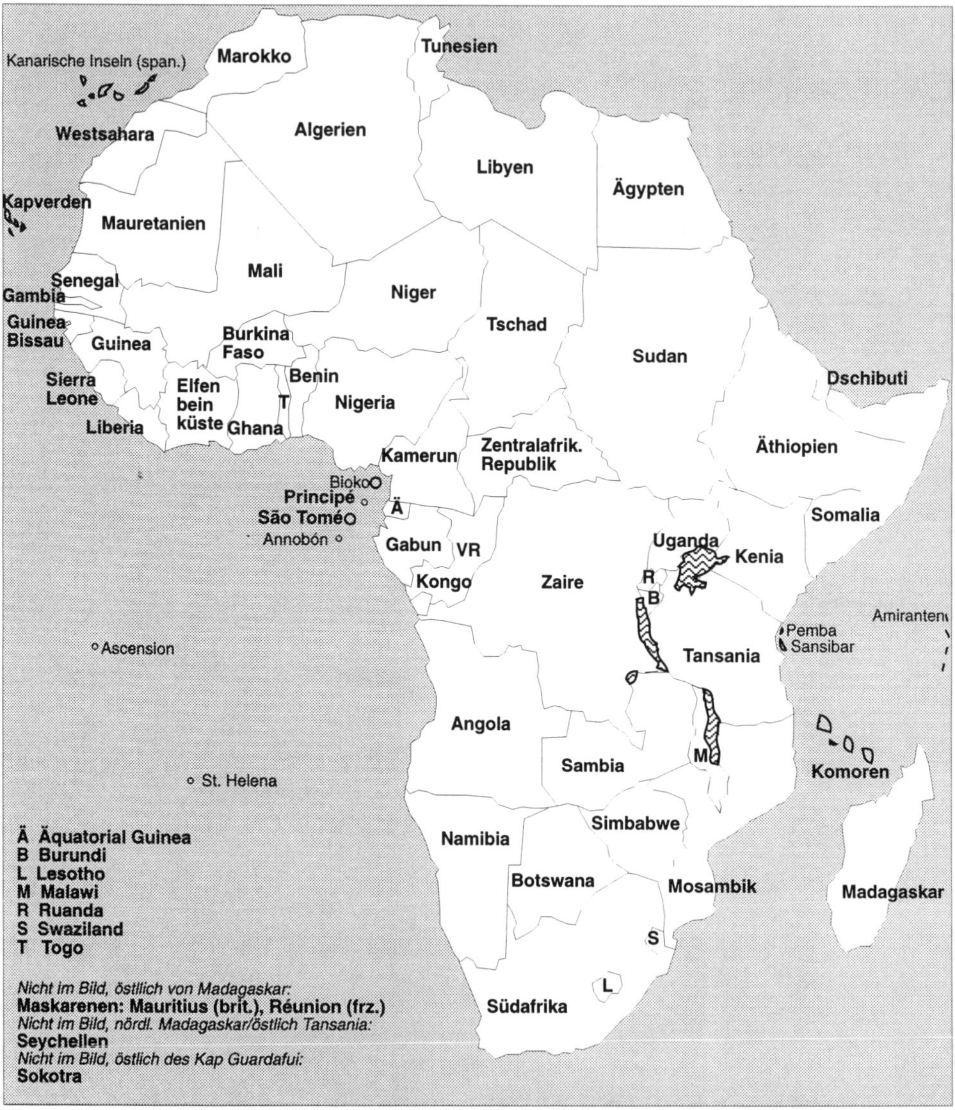

Ilse Hanak

AUF DEM WEG ZU UNS SELBST

Entwicklungspolitische Aussagen afrikanischer Schriftstellerinnen

Eine Untersuchung zu Werken von

Ama Ata Aïdoo, Ken Bugul* und *Amma Darko

Herausgegeben von Margarete Maurer, Rosa-Luxemburg-Institut

Verein für Interdisziplinäre Forschung Praxis
RLI-Verlag

Wien 1999

INHALT

Die koloniale Aufteilung Afrikas vor 1914

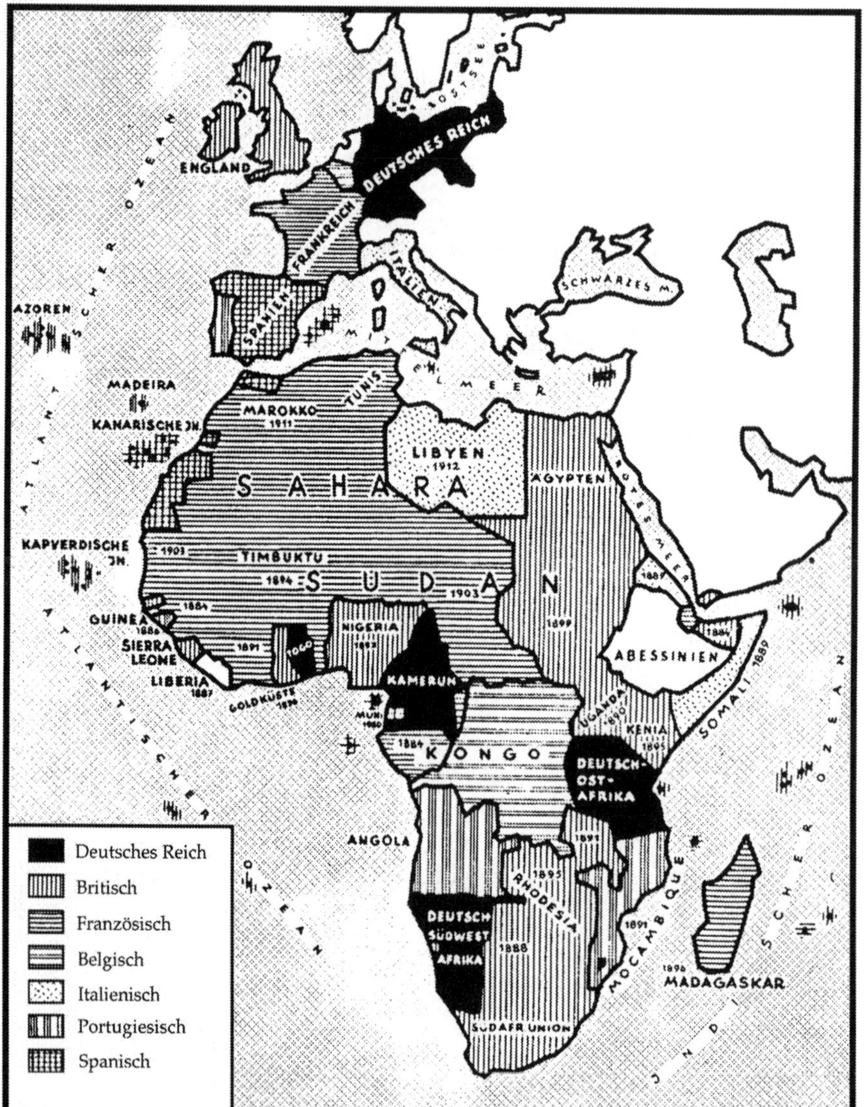

Bis auf Abessinien und Liberia ist Afrika zwischen den Großmächten aufgeteilt

Die Zahlen bezeichnen die Jahreszahlen der damals für endgültig gehaltenen »Erwerbungen«
(Aus: P. H. Kuntze: »Das Volksbuch unserer Kolonien«, S. 56, verändert)

VORWORT DER HERAUSGEBERIN

Margarete Maurer

»Auf dem Weg zu sich selbst« sind die Hauptgestalten in drei Romanen moderner afrikanischer Schriftstellerinnen und mit ihnen ihre Schöpferinnen, welche die Afrikakennerin Ilse Hanak mit diesem Band bekannter machen will: *Ama Ata Aïdoo, Mariétou M'Baye* (Pseudonym *Ken Bugul*) und *Amma Darko* haben in den hier untersuchten Werken zahlreiche – teilweise traumatische – autobiographische Erfahrungen verarbeitet, die sie als Immigrantinnen, Stipendiatinnen und Reisende in europäischen Ländern machen mußten. Sie stehen bis zur Gefahr des darin Zerrissenwerdens in einem historischen, die Gegenwart prägenden Spannungsfeld, welches aus der gewaltsamen europäischen Kolonisierung ihrer Heimatländer resultiert. Die Bewunderung für die Kultur der europäischen Eroberer – »Identifikation mit dem Agressor« nannte dies treffend Frantz Fanon – mischt sich mit Abscheu, welcher den Protagonistinnen der Romane vor allem in der direkten persönlichen Begegnung mit EuropäerInnen schmerzlich zu Bewußtsein kommt. Die Kritik am alltäglichen Sexismus ist mit der Kritik des »weißen« Feminismus der 70er Jahre verwandt. Zwei der hier besprochenen westafrikanischen Werke wurden in dieser Zeit verfaßt.

Damals gab es in Deutschland ausnahmsweise eine weibliche Entwicklungshilfeministerin (Marie Schlei), welche einen Umdenkprozeß in der Entwicklungspolitik unterstützte, der besonders von engagierten Wissenschaftlerinnen, Entwicklungsexpertinnen, Politikerinnen und Frauen der »Dritten« Welt gefordert wurde: Die tragende Rolle der Frauen in jedem Entwicklungsprozeß sollte endlich beachtet und anerkannt werden. Bis dahin waren die Frauen als Trägerinnen von »Entwicklung« kaum wahrgenommen worden, und manch gut gemeintes Projekt war daran gescheitert. Speziell in den meisten afrikanischen Ländern sind die Frauen infolge der traditionellen geschlechtsspezifischen Arbeitsteilung für die Befriedigung wichtiger Grundbedürfnisse wie Nahrung, Wohnen und Gesundheit zuständig, und gerade in Westafrika kommt den Frauen traditionell eine sehr starke Rolle zu. Die Frauen sollten nun jedoch nicht nur in die Entwicklung »integriert« werden, denn dies bedeutet für sie oft bloß *zusätzliche Arbeitsbelastung*: Sie soll(t)en auch etwas davon haben, d.h. auch zu *Nutznießerinnen* von Entwicklungspolitik werden. Diesen Forderungen nach frauenbezogener Entwicklungsarbeit gegenüber waren einige PolitikerInnen schnell mit dem Vorwurf bei der Hand, die Expertinnen wollten lediglich »den Feminismus in afrikanische Hütten tragen«, und da war er ihrer Meinung nach fehl am Platze. Wie im Märchen vom Hasen und dem Igel übersahen sie jedoch: Der Feminismus war schon seit langem dort, auch wenn er nicht immer so hieß, sondern auch in verschiedenen spezifisch afrikanischen Formen auftrat.

»Afrikanischer Feminismus« zeigt sich heute auch in der schwarzafrikanischen Literatur: Die Kolonisierten haben sich diese ihnen von den traditionellen Bräuchen ihrer Heimat her gesehen fremde Ausdrucksform angeeignet und machen sie zur Waffe der Selbstfindung und Kritik. Dies schließt auch Selbstkritik ein: Die Autorinnen setzen sich gleichzeitig intensiv mit den afrikanischen Reaktionen ihrer Landsleute auf den Kolonialismus auseinander. Die Spannungsfelder ihres Lebens, so meinen sie, resultierten auch aus »falscher« Anpassung der Kolonisierten.

Ilse Hanak hat aus den umfangreichen literarischen Werken insbesondere die entwicklungspolitischen Vorstellungen der Autorinnen herausdestilliert. Deren »Fremdsicht« soll bei uns *Einsicht* erzeugen und zu Veränderungen ermutigen. Auf diese Weise will sie eine Brücke schlagen zwischen Literatur und Entwicklungspolitik. In dieser ist inzwischen die Bedeutung der Frauen anerkannt, ebenso wie die Tatsache, daß soziologisches Wissen gebraucht wird, wenn entwicklungspolitische Ziele erfolgreich umgesetzt werden sollen. Literatur kann solches Wissen oft besser vermitteln als viele akademische Abhandlungen, besonders wenn sie solche genauen soziologischen Beobachtungen enthält wie die hier von Ilse Hanak ausgewählten Werke.

Wie verhalten sich Europäerinnen gegenüber ZuwandererInnen aus Afrika? Was erwarten AfrikanerInnen von ihrem jeweiligen »Gast«-Land? Aus den drei Romanen läßt sich viel darüber lernen. Ilse Hanak, die selbst in der Betreuung afrikanischer StudentInnen und ImmigrantInnen aktiv ist, hat darin viele Alltagserfahrungen aus ihrer eigenen Arbeit wiedergefunden. Sie möchte *Darkos* Optimismus weitergeben und *Aïdoos* Glauben, daß die Welt erneuert werden kann und Menschen lernfähig sind.

Obwohl die drei ausgewählten Autorinnen alle aus Westafrika (Ghana und Senegal) stammen, ist die Kennzeichung »*afrikanische* Schriftstellerinnen« im Untertitel dieses Bandes gerechtfertigt, die eine gewisse Repräsentativität nahelegt: Denn welche Erfahrungen Frauen schwarzafrikanischer (und afroamerikanischer) Herkunft in Europa machen, hängt kaum davon ab, aus welchem Land sie stammen. Jede von ihnen wird in Europa zunächst als »die Schwarze« wahrgenommen und in der Tat als »die Afrikanerin« stigmatisiert. Dieser Band stellt eine Antwort auf diese Situation dar.

Mit den Sichtweisen, Situationen und Erfahrungen, die in den Romanen ausgedrückt und geschildert werden, wollen die Autorinnen afrikanische LeserInnen zur Selbstreflexion anregen und europäische LeserInnen sollen daraus etwas lernen. Diese Zielsetzung verfolgt auch Ilse Hanak. Allen vier Frauen geht es um die Zukunftsperspektiven »hier« und »dort«. Dazu gehört auch die Situation afrikanischer ImmigrantInnen in Europa. Mit dieser Publikation wollen wir dazu beitragen, daß sie in Zukunft auf mehr Verständnis stoßen und in ihrer jeweils eigenständigen Persönlichkeit akzeptiert werden. Außerdem soll diese Untersuchung die LeserInnen anregen, sich eingehender mit den afrikanischen Schriftstellerinnen und ihren Werken zu beschäftigen. Näheres erläutert Ilse Hanak selbst – viel Spaß beim Lesen!

1. ZUR AFRIKANISCHEN FRAUENLITERATUR*

Es gibt heute eine ganze Anzahl anerkannter afrikanischer Schriftstellerinnen und in vielen Ländern drängen junge nach. Wer in einer afrikanischen Stadt, z.B. in Harare/Zimbabwe, einen Buchladen betritt, kann in einer Fülle von Werken afrikanischer Frauen schmökern. Die aus Ghana gebürtige Literaturkritikerin und Verlegerin *Margaret Busby* hat in ihre über eintausend Seiten starke Anthologie *Daughters of Africa*, die ausschließlich Schriftstellerinnen behandelt und auch die afrikanische Diaspora umfaßt, literarische Beiträge von nicht weniger als 55 afrikanischen Autorinnen aufgenommen. Trotzdem entschuldigt sie sich bei den weiteren »ausgezeichneten Schriftstellerinnen«, die sie auslassen mußte.[1] Dagegen werden in den allgemein gängigen Literaturgeschichten, literarischen Untersuchungen, Sammlungen und Kritiken zu Afrika nur ganz wenige ausgewählte Frauen genannt. Männer finden hingegen viel häufiger Erwähnung[2]. Diese Beobachtung gilt für die afrikanische ebenso wie für die europäische oder nordamerikanische Sekundärliteratur. Junge Autorinnen wie *Amma Darko* werden fast gar nicht besprochen. Wie kommt das?

Die afrikanische Literatur in europäischen Sprachen und Kunstformen – auch die der Frauen – hat seit den 60er Jahren dieses Jahrhunderts beständig zugenommen, zumindest in anglophonen Ländern. Im frankophonen Gebiet schreiben Frauen erst seit den achtziger Jahren, weil es dort für sie noch schwieriger war, zu einer entsprechenden Ausbildung zu kommen: Studienwillige mußten zuerst nach Paris gehen. Das Schreiben in europäischen Sprachen setzte eine höhere Bildung voraus, und diese war Frauen weniger zugänglich als Männern. Auch verbot ihnen vielfach die Tradition, an die Öffentlichkeit zu treten. In der traditionellen oralen Literatur oder Oratur hingegen waren Frauen ebenso wie Männer tätig gewesen. Dies besonders in der Zeit bis zur Einführung des *Purdah*, der Abschließung von Frauen im islamischen Norden ab dem 19. Jahrhundert.

Ein weiterer Grund liegt darin, daß die Literaturkritik Frauen lange Zeit vernachlässigte, denn die KritikerInnen waren zunächst alle weiß und männlich. Erst in den 80er Jahren wurden Frauen beachtet: *Lloyd Brown*[3] be-

---

* Bei Zusammenfassungen von Aussagen und Zitaten *der afrikanischen Autorinnen* durch Ilse Hanak sowie bei indirekter Rede wurde zwecks leichterer Lesbarkeit auf das übliche »vgl.« vor dem Hinweis auf die korrespondierende/n Seitenzahl/en verzichtet (Anm. der Hg.).

1 BUSBY, Margaret (Hg.): Daughters of Africa. An International Anthology of Words and Writings by Women of African Descent from the Ancient Egyptian to the Present, London 1992.

2 Siehe dazu die Vergleichszahlen im Anhang dieses Bandes, S. 56.

3 BROWN, Lloyd W.: Women Writers in Black Africa, London 1981.

handelt fünf Autorinnen in einem eigenen Buch, darunter *A. A. Aïdoo. Oladele Taiwos* Werk umfaßt vierzehn Autorinnen[4] . *Aïdoo* wurde von zwei Kritikern zu Unrecht des Plagiats beschuldigt: die Anleihen wurden im Gegenteil bei *ihr* gemacht. Sie wirft *Taiwo* eine herablassende Behandlung von Frauen vor. Aber das von zwei Frauen verfaßte Werk *Ngambika*[5] schaffte den Durchbruch zu einer Neubeurteilung und Gleichbehandlung des neueren Schrifttums von Frauen. Denn gerechterweise sollte erwartet werden können, daß alle Literatursammlungen und Kritiken Frauen ebenso wichtig nehmen wie Männer und sie nicht in eine separate Ecke stellen, wie leider z.B. das neue Büchlein von *Manfred Loimeier*[6] aus der Lamuv Süd-Nord-Reihe.

Es ist nämlich nicht so, daß literarisches Schaffen von Frauen sich in Afrika nur auf ein bestimmtes Thema konzentriert oder aus anderen Gründen von der Männer-Literatur abgesetzt werden müßte. Es befaßt sich z.B. nicht ausschließlich mit patriarchalen Unterdrückungsformen; wohl wenden sich Frauen gegen derartige präkoloniale konservative Normen und Werte wie auch gegen solche europäisch-kolonialer Provenienz. Die Nigerianerin *Molara Ogundipe-Leslie,* eine der ersten Kritikerinnen, sagt jedoch sehr klar, daß afrikanische Autorinnen sich immer dreifach verpflichtet wissen: ihrer Kunst, ihrem Frausein und der »Dritten Welt« gegenüber[7]. Das heißt, daß die Beherrschung durch das Patriarchat nicht das einzige Übel ist, gegen das die Frauen ankämpfen. Nach den Phasen des antikolonialen Kampfes und der Erringung der Unabhängigkeit ihrer Länder ab 1957 schrieben Frauen ebenso wie Männer mit ihren Werken gegen den Neokolonialismus an. *Ngugi wa Thiong'o* hat diese Tendenz, die praktisch für das gesamte literarische Schaffen Afrikas dieser Zeit zur Leitlinie geworden ist und sich bis heute aus begreiflichen Gründen fortsetzt, als »Writing against Neocolonialism«[8] bezeichnet.

Alle drei von mir gewählten Autorinnen fühlen sich den drei von *Ogundipe-Leslie* formulierten Anforderungen verpflichtet: Sie alle transportieren feministische Anliegen, wenn diese auch nicht immer als solche bezeichnet werden, und engagieren sich als Vertreterinnen ehemals kolonisierter und jetzt vom Neokolonialismus unterdrückter Völker. In drei verschiedenen

---

4 TAIWO, Oladele: Female Novelists of Modern Africa, London 1984.

5 DAVIES, Carole Boyce /GRAVES, Anne Adams (Hg.): Ngambika, Studies of Women in African Literature, Trenton N. J. 1986.

6 LOIMEIER, Manfred: Zum Beispiel, Afrikanische Literatur, Göttingen 1997: Autorinnen werden auf 8 von 94 Seiten extra abgehandelt.

7 OGUNDIPE-LESLIE, Molara: The Female Writer and Her Commitment, in: Women in African Literature Today, No.19, Trenton N. J. 1987, S. 5–13.

8 NGUGI, wa Thiong'o: Writing against Neocolonialism, Wembley, Middlesex/England 1986, S. 1, zitiert nach Vincent O. ODAMTTEN: The Art of Ama Ata Aïdoo, Gainesville 1994, S. 5f.

Zeitperioden behandeln sie auch ihre Erfahrungen im europäischen Ausland. Während in den frühen Jahren außer *Ngugi wa Thiong'o* und *Chinua Achebe* kaum einer der Schriftsteller lebensnahe weibliche Charaktere darstellte, sondern diese sich meist mit farblosen, am liebsten passiven und angepaßten Frauentypen begnügten, stellen diese Frauen realistische und differenzierte Gestalten und Frauenschicksale, die von der neokolonialen Situation gezeichnet sind, in den Mittelpunkt ihrer Werke. Dies fällt ihnen umso leichter, als es sich bei *Ken Buguls* Werk um eine echte Autobiographie handelt, die vom erlebten Schicksal ausgeht; aber auch die Romane von *Ama Ata Aïdoo* und *Amma Darko* sind stark von persönlichen Erfahrungen geprägt. *Anta Diouf Kéita* sagt in ihrem Aufsatz über autobiographische Romane senegalesischer Schriftstellerinnen, daß Frauen lieber zu Autobiographien greifen als Männer[9]; ihre Darstellungen sind daher ehrlicher und wahrheitsgetreuer.

Odanttem fordert in seinem Buch über *Ama Ata Aïdoos* Werke dezidiert auch ein *Lesen gegen den Neokolonialismus,* und spricht auf diese Weise die KritikerInnen an, die damit nach seiner Meinung das Schreiben [gegen den Neokolonialismus] *vervollständigen* sollen. *Kritisch lesen* bedeutet für ihn, gegen die ökonomischen, politischen und kulturellen Strukturen des Neokolonialismus, der in Afrika herrscht, zu lesen, d.h. dieses Gedankengut aufzunehmen und weiterzugeben[10]. Genau das ist es, was ich auch mit meiner Untersuchung anstrebe. Wenn ich hier die entwicklungs-politischen Aussagen von Frauen herausarbeite, so tue ich es, damit diese Aussagen über die Lage des Südens und die Lage von Frauen des Südens für Menschen in der sogenannten »Ersten Welt« fruchtbar gemacht werden und letztere die starken Eingriffe dieser »Ersten Welt« erkennen – aber auch, um die allgemeine Bedeutung weiblicher literarischer Produktion hervorzuheben und zum weiteren Lesen herauszufordern. Auch ich fühle mich dem Frausein, der »Dritten Welt« und der Kunst gegenüber verpflichtet.

Literaturhistorische und biographische Angaben über die Autorinnen habe ich aus Platzgründen kurz gefaßt. Genaueres findet sich in einschlägigen Werken[11].

---

9 KÉITA, Anta Diouf: L'Ecriture autobiographique dans le roman féminin sénégalais, in: Bernard MOURALIS (Hg.): Autobiographies et récits de vie en Afrique, Paris 1991, S. 35–44.

10 ODAMTTEN, Vincent O.: The Art of Ama Ata Aïdoo, Gainesville 1994, S. 6.

11 Zu *A. A. Aïdoo* etwa in BROWN 1981, DAVIES and GRAVES 1986, ODANTTEM 1994; zu *Ken Bugul* bei HERZBERGER-FOFANA 1989; zu *Ama Darko* derzeit nur in »Es gibt kein Zurück« 1996, sowie in ihren Romanen und Erzählungen von DARKO 1994, DARKO 1996 und DARKO 1999 (siehe das Werkverzeichnis in Kapitel 8).

2. *AMA ATA AÏDOO*, OUR SISTER KILLJOY OR REFLECTIONS FROM A BLACK-EYED SQUINT

Longman London 1977, 134 Seiten.

Der Titel bedeutet etwa: »Unsere Schwester Freudeverderberin oder Gedanken aus der verqueren Sicht einer schwarzäugigen Person«[12]. Dieses Werk ist noch nicht ins Deutsche übersetzt[13].

EINLEITUNG

Ama Ata Aïdoo, geboren 1940 in Ghana, einem Land, das damals noch als »Goldküste« unter englischer Kolonialverwaltung stand, studierte an der *University of Ghana*, Legon. Sie hatte dort 1964–1966 einen Forschungsauftrag und unterrichtete auch an anderen afrikanischen und amerikanischen Hochschulen. Sie hat Theaterstücke, Kurzgeschichten, Lyrik und Romane geschrieben und behandelt in ihren Werken nicht nur arme unterdrückte Frauen – ja, in ihrem Vorwort zu *Ayi Kwei Armahs* erstem Roman, *The Beautiful Ones Are Not Yet Born*[14], besteht sie leidenschaftlich darauf, daß die Emanzipation für Ghanäerinnen durch ihre gesellschaftlich meist recht gut verankerte wirtschaftliche Selbständigkeit keineswegs ein Problem sei, das erst die christliche Mission und westliche »Zivilisation« beseitigen konnte. Nur ungeschickte und kinderlose Frauen wären – letztere wegen der Altersversorgung – wirtschaftlich im Nachteil. Und auch die gebildeten Frauen wären verunsichert[15], weil es für sie, wie auch *Amma Darko* schildert, schwierig ist, eine entsprechende Arbeit zu finden. *Aïdoo* hat also nicht erst, als sie in den 70er Jahren in den USA mit dem Feminismus in Berührung kam, an Frauen gedacht, sondern Frauenanliegen immer schon in ihre Arbeit einbezogen. Auch ihr jüngster Roman *Changes*, unter dem Titel *Die Zweitfrau* auf deutsch erschienen, handelt von einer akademisch gebildeten, emanzipierten Ghanäerin[16]. Darüber hinaus setzt sie sich für *alle* Unterdrückten ein und gegen *alle* Formen von Beherrschung und Ausbeutung, wie zum Beispiel die der afrikanischen SklavInnen.

---

12 »Squint« heißt wörtlich »schielen«.

13 Die Übersetzung der hier angeführten Zitate aus dem englischen Original ins Deutsche stammt von mir (I.H.).

14 ARMAH, Ayi Kwei: *The Beautiful Ones Are Not Yet Born*, New York 1969.

15 Zitiert nach ODAMTTEN 1994., a.a.O., S. 9.

16 AÏDOO, Ama Ata: *Changes. A Love Story*, Feminist Press at the City University of New York 1993; DIES.: Die Zweitfrau, Göttingen 1998.

Aïdoo verwendet in ihren Texten traditionelle afrikanische Formen und Stilelemente wie das Einfügen von Sprichwörtern, Legenden, Volksmärchen und wörtlichen Übersetzungen aus einheimischen Sprachen. Sie nutzt aber auch aus der mündlichen Literaturform (Oratur) stammende stilistische Möglichkeiten, wie die Anrede des Publikums, die Stimme der erzählenden oder weisen Person. Diese Stimme des Griots oder der Griotte, des Kommentators oder der Kommentatorin, weiß mehr als die handelnden Personen, und tritt in ähnlicher Funktion auf wie der Chor in der griechischen Tragödie zur Einleitung und zum Abschluß eines Stückes. *Aïdoo* schafft auf diese Weise in ihren Romanen und Kurzgeschichten eine authentische afrikanische Erzählweise, die ein allgemeiner Ausdruck des Widerstandes gegen streng westliche literarische Kriterien sind; sie reiht sich auf diese Weise auch methodisch in das »Schreiben gegen den Neokolonialismus« ein. Diese traditionellen Elemente sollen aber nicht die Unmöglichkeit der Verständigung mit einer anderen Kultur vermitteln, sondern z.B. durch rhetorische Rückfragen der Erzählerin – bei *Aïdoo* ist die weise Person meist weiblich – das Gegenteil erreichen, nämlich »soziopolitische Transformation«[17]. Auch *Ngugi* empfiehlt den SchriftstellerInnen sich mit dem wirtschaftlichen, politischen und kulturellen Überlebenskampf des Volkes zu identifizieren, die Sprache des Volkes und das großartige Erbe der Oratur zu verwenden und vom starken Optimismus des Volkes zu lernen, das daran glaubt, daß die Welt erneuert werden kann[18]. Auch *Aïdoo* will ihre LeserInnenschaft erziehen: Ihre ProtagonistInnen, die Opfer der Situation ihres Landes werden, erkennen die dringende Notwendigkeit, eine neue Gesellschaft aufzubauen[19].

Eine Widmung an die Ahnen leitet die Geschichte ein. Es folgen *mutinyawo*, eine Sammlung von Prosa- und Lyrikerzählungen und Kommentaren, die der weibliche »Vogel vom Wegesrand« abgibt, wie er schon in *Aïdoos* erstem Theaterstück *The Dilemma of a Ghost*, 1964 in Legon uraufgeführt, als Stimme der Erzählerin vorkommt. Diese spricht als erstes den »gemäßigten« Nigger an, der nur wiederholt, was ihm sein Meister beibrachte, und die noch gefährlichere »pseudo-intellektuelle Version« eines Schwarzen, der angesichts der Sklavenfestungen an Ghanas Küste von »universeller Wahrheit« spricht. Dann führt die Stimme in Gedichtform Bevölkerungs-statistiken an, die mit Genozid-Andeutungen spielen (S. 7).[20] Das weitere Werk ist in Kapitel eingeteilt, die ich der Reihe nach vorstelle.

17 ODAMTTEN 1994, a.a.O., S. 11.

18 NGUGI 1986, a.a.O., S. 19–20, zitiert in ODANTTEM 1994, a.a.O., S. 6.

19 ODANTTEM 1994, a.a.O., S. 13.

20 Die Seitenzahlen in den Klammern beziehen sich auf *Ama Ata Aïdoos* Roman *Our Sister Killjoy* in der genannten Ausgabe.

Into a Bad Dream

Im ersten Kapitel erhält Sissie – der Name ist eine Abkürzung von Sister – ein Reisestipendium zu einem Jugendtreffen nach Deutschland, wird von der Botschaft in Accra hofiert, eingeladen und dabei mit einem Landsmann konfrontiert, der ständig lächelnd in serviler Weise Loblieder auf dieses ferne Land singt, so daß er auf sie abstoßend wirkt. Ihr Paß wird bevorzugt »in einer Woche statt in drei Monaten« fertiggestellt, sie wird vom deutschen Botschafter zum Flughafen begleitet – »als ob etwas wiedergutzumachen wäre« (S. 8). Im Flugzeug, das aus Johannesburg kommt, wird sie von der »zivilisierten« Stewardess, die sicherlich nur will, daß Sissie »sich wohlfühlt«, höflich gebeten, im hinteren Teil bei zwei Nigerianern Platz zu nehmen statt auf ihrem vorgesehenen Sitz zwischen zwei weißen Südafrikanern. Der »Vogel vom Wegesrand« kommentiert in afro-amerikanischem Dialekt: »Mama, niemand kann so über sich selbst lachen wie wir« (S. 10). Als am Frankfurter Bahnhof eine Mutter vor ihrem Kind sie als »schwarzes Mädchen« bezeichnet, wird Sissie zum ersten Mal schlagartig klar, daß hier alle anderen Menschen weiß sind. Und daß wegen der anderen Hautfarbe »irgend jemandem irgendwo irgendein Unterschied immer als Vorwand dafür dienen wird, um gemein zu sein«, Land an sich zu nehmen, Acker- und Weideland, Gold, Silber und andere Bodenschätze, Öl und Häuser, auch um schärfere Befehle zu geben, Macht auszuüben, über Leben und Tod anderer zu entscheiden (S. 13).

The Plums

Im Kapitel »Die Pflaumen« wird der Gang der Handlung besonders oft von den Assoziationen der Autorin unterbrochen, die meist in Versform, aber auch als Prosastücke übergangslos eingeschoben werden. Sie sind wieder Kommentare und Geschichten des »Vogels vom Wegesrand«, wie *Odanttem* meint[21]; andere Kritiker halten sie für die Stimme Sissies. Aber der Erfahrungshintergrund ist ein breiterer als Sissie zu dieser Zeit haben kann, wie auch der wiederholte Spruch *from knowledge gained since* (z.B. S. 27, S. 51, S. 69) andeutet, d.h. daß sie diese Einsicht erst aus späterer Erfahrung gewonnen hat. Diese Einfügungen einer jedenfalls weiblichen Person sind kritisch, oft sogar sehr zynisch. Kritik an Deutschland und seiner Vergangenheit üben Bemerkungen wie:

- Eines der größten Schlösser Bayerns – heute ist dort eine Jugendherberge eingerichtet – ist der Ort, wo deutsche Fürsten, die viel Land und viele

21 ODANTTEM 1994, a.a.O., S. 119.

Leibeigene besaßen, zahllose junge Frauen entjungferten, weil sie sich das Recht anmaßten, die erste Nacht mit jeder jungvermählten Untergebenen zu verbringen (S. 19).

- In einer Chemieanlage des »Führers« in den bayrischen Wäldern wurden Versuche mit Pflanzen, Tieren und vor allem mit Menschen gemacht, die mitzuerleben den Beteiligten jahrelang nächtliche Schreikrämpfe verursachten (S. 44); in diesen Wäldern haben vor nicht allzulanger Zeit Menschen das Feuer ihrer eigenen Scheiterhaufen mit anderen Menschenleibern genährt (S. 64).
- Auch die deutsche »arische« Frau Maria Sommer (S. 48), die sich mit Sissie anfreundet und letztlich eine lesbische Annäherung versucht, kommt schlecht weg: Sie hält Sissie für eine Inderin, glaubt, daß Ghana bei Kanada liegt und kann die englischen *th*- und *w*-Laute nicht richtig aussprechen. Sie hält auch ihren Namen *Maria* für einen deutschen Namen, hat aber immerhin von *Nkrumah* gehört.
- Missionare in Afrika haben zwar christliche Namen durchgesetzt, aber sonst nicht alles, was sie erreichen wollten. Daß Gott als »netter alter europäischer Herr mit rauschendem weißem Bart, auf beiden Seiten von Engeln umgeben«, vorzustellen ist – der einzige Schwarze ist der arme Teufel Luzifer – ist ebenfalls inakzeptabel für die Erzählerin (S. 27).
- Ein Versstück spricht von schwarzen Burschen, die Affären mit weißen Mädchen hatten und als graue Leichname ohne Penis gefunden wurden (S. 62).
- Die Stimme kritisiert auch das Essen: »Spargelsuppe, die 30 Monate in einer Alu-Dose verbracht« hatte, Pflaumenkompott aus Büchsen (S. 38); alles muß zum Essen eiskalt aus dem Kühlschrank kommen (S. 68); auf jeden Fall wird viel zu oft und zu reichlich gegessen.
- Einen überraschenden Zusammenhang stellt die Kommentatorin her zwischen Europäern, die als Entdecker, Missionare, Abenteurer, Löwenjäger, Sklavenhändler, Spekulanten, Diamanten- und Goldgräber, Uransucher, Plantagenbesitzer, Kommandanten, Apartheidprediger und ähnliche »miserable Typen« in andere Kontinente zogen, auf der einen Seite und der allgemeinen Einsamkeit der zurückbleibenden Menschen, Familienangehörigen in Europa auf der anderen Seite: ein kollektiver Verlust, für den »die ganze Welt soviel zu zahlen hatte und noch hat« (S. 65–67). Ernüchternd im Gegensatz dazu das Schicksal von Arbeits-migrantInnen aus armen Ländern, die versuchen, irgendwo zu überleben, und dabei kaputt-

gehen (S. 20–23), oder von indischen und ghanäischen Ärzten, die nicht heimkehren, weil sie daheim zu wenig verdienen würden (S. 29–33).

- Auch der Sinn von Sissies Stipendium scheint zweifelhaft: Die Arbeit, die sie und ihre jungen KollegInnen verrichten, ist nicht mit den sonstigen Arbeitseinsätzen von Freiwilligen-Organisationen vergleichbar. Hauptsächlich haben die internationalen Jugendlichen »zu essen, zu lachen, zu singen, zu schlafen und zu essen« (S. 35) und herumgereicht zu werden. Dann erzählt man ihnen von der internationalen Hilfe (S. 69).
- Sissie lehnt es ab, München zu besuchen: Sie denkt an Hitler in München und das Beschwichtigungsabkommen der schändlichen englischen *Appeasement*-Politik Chamberlains im Jahr 1938 (S. 79–81).

Dagegen heißt es in der ebenfalls scharfen Kritik an Afrika,

- daß in Afrika nichts ohne ausländische Hilfe geschieht, diese aber letztlich tausendfach zurückgezahlt werden müsse (S. 35). Herrscher der »Dritten Welt« seien sich nur »der Reichtümer bewußt, die sie sogar im Koma sammeln«; für ihre Dörfer und Städte tun sie nichts (S. 34).
- Wir hören sarkastische Klagen über den schlechten Zustand der Hauptstraße zwischen Nordghana und Ouagadougou, der Hauptstadt von Burkina Faso (S. 54).
- Angespielt wird auf Präsidenten, die europäische Frauen haben, deren Verwandte die Wirtschaft des Landes führen; Präsidenten, die von Europa aus regieren und nur einmal im Jahr nach Hause auf Urlaub kommen. Facharbeit machen Weiße, oft ehemalige Sträflinge aus Europa, Schwarze schuften schwitzend oder sitzen arbeitslos herum – wie in der Zeit vor der Unabhängigkeit. Damals unterschrieben Minister bei Champagner Exporte von Tropenholz und Bodenschätzen.
- Auch heute sitzen unsere Volksvertreter an Konferenztischen und bei Cocktail-Parties, fährt die kritische Stimme fort: Wir haben zwar kein Geld für die Schulbildung unserer Kinder – aber diese Männer haben es wenigstens geschafft: Sie bekommen Ehrendoktorate verliehen, wenn sie auch unser Land verpfänden, haben in ihren Toiletten besseres Wasser als jenes, das im Dorf getrunken wird, und lassen ihre Leute zugrunde gehen (S. 55–59).
- Jetzt ist die Straße nach Ouagadougou erstklassig, aber der Kredit muß millionenfach zurückgezahlt werden (S. 59).
- Ein Sprichwort lautet: »Wer sagt, sein Zeuge ist in Europa, ist ein Lügner« (S. 74).

Kritik, die entwicklungspolitisch und feministisch orientiert ist, spricht von Bäuerinnen, Frauen von Minenarbeitern aus Bananenrepubliken und anderen Entwicklungsländern – aber nicht von weißen Frauen – die als Versuchskaninchen Pillen ausprobieren müssen, »obwohl Überbevölkerung nie eine Gefahr war« (S. 70f.).

Rein feministische Kritik äußert sich in allgemeinen Beispielen:

- in der ganzen Welt wünschen sich Frauen einen Sohn, denn eine Frau zu sein, ist nirgends angenehmer als ein Mann zu sein; »außerdem, die Reihen der Verdammten sind voll, sind voll«(S. 51).
- Eine Mutter darf sich nicht wünschen, einmal für kurze Zeit ihr Kind los zu sein – »das ist Ketzerei« (S. 49).

und in afrikanischen Gewohnheiten und Traditionen:

- »Frauen kochen nicht für Frauen, nur für Männer«, sagt Sissie (S. 77),
- afrikanische Männer mögen angeblich dicke Frauen, heiraten dann aber doch lieber dünne (S. 47),
- »Polygamie ist im Grunde sehr unfair«, wenn sie auch einige Vorteile haben kann (S. 68).

From Our Sister Killjoy

Im 3. Kapitel ist Sissie noch kritischer und oft sarkastischer in ihren Kommentaren geworden, für viele eine echte Freudeverderberin mit ihrer verqueren Sicht der Dinge, in die wir durch die Erzählerin mehr Einsicht gewinnen. Zu ihren Reiseerfahrungen – sie ist nun in England und trifft dort einen Freund – stellt sie nun selbst oft generalisierende Zusammenhänge her:

- Sie ist entsetzt, in London so viele Schwarze zu sehen, die vielfach einfachste Arbeiten tun und schäbig gekleidet sind, was in der Kälte noch sichtbarer wird. Wie seit eh und je stürzen unterdrückte Massen in die Metropole, von der sie das Heil erwarten, aber für sie stehen nur Sklavenarbeiten zur Verfügung. Alle geben sich jahrelang als StudentInnen aus und schieben ihre Rückkehr unendlich hinaus. Nur StipendiatInnen beeilen sich. ... StipendienempfängerInnen für Diplom- oder Doktoratsstudien werden wie von einem Spionagesystem in unwürdiger Weise über ihre Zukunftsabsichten ausgequetscht und kontrolliert, nicht nur sie selbst, sondern durch sie auch ihr Land (S. 85–89).

- Sissie weint und ärgert sich über die Gründe, die ihre Landsleute in diesem unwirtlichen Land verweilen lassen. Sie halten vor sich selbst an der Illusion fest, es hier besser zu haben, können daher auch niemandem anderen die Wahrheit über ihre Situation sagen, noch sie nach Hause schreiben. So kommen immer neue Generationen erwartungsvoll hierher (S. 89f.).
- Menschen aus Schottland, Irland und Wales bekunden Sissie ihre Solidarität: Auch sie seien besetzt und unterdrückt gewesen und hätten für England viel geleistet. Ein amerikanischer Professor deutscher Herkunft will ihr weismachen, daß auch die Deutschen ab dem Ersten Weltkrieg unterdrückt gewesen sind (S. 93). Sissie kann diese Solidarität nicht annehmen: Ihr fallen dazu Buchenwald und Dachau ein; für sie gibt es keinen annähernden Vergleich (S. 94).
- Sissie sieht in London, daß Tiere besser behandelt werden als Menschen, daß Tiere am Tisch mit Menschen essen, die gewissen Leuten nicht die Hand geben würden. Tiere bekommen bessere Nahrung als viele Kinder in Afrika. Frauen nähen ihnen Kleidchen aus dem Stoff ihrer Kleider – wie in Afrika Frauen einer Gruppe bei Festlichkeiten denselben Stoff verwenden. Frauen, die keine Zeit und Lust haben, Kinder aufzuziehen, füttern junge Hunde stundenlang mit Löffeln. Tiere werden wie Menschen behandelt, aber manche Menschen wie Tiere (S. 99).

Auch hier kommen wieder ganz unverblümte Angriffe auf Afrika und Afrikaner:

- die Schweine, die unsere Länder regieren, und wir, die Hühner, die sie kritisieren[22]. Staatsmänner trinken mit Weißen den teuersten Whisky der Welt und verkaufen ihnen ihre Menschen (S. 94). Die Zeit seit der Unabhängigkeit ist eine »Maskerade« (S. 95).
- Kunle, ein Verwandter von Sissies Freund, der sie beide in London trifft, sieht in der ersten Herztransplantation in Südafrika von 1967 ganz begeistert *die* Lösung der Apartheid, weil das Herz eines Farbigen einem Weßen eingesetzt wurde. Sissie und ihr Freund befürchten, daß auch schon vorher Menschenversuche mit Schwarzen gemacht wurden, denn der »christliche Doktor« (Dr. Christian Barnard) sagte ja öffentlich, daß »Herzen von Niggern leicht zu bekommen seien« (S. 100), wegen der vielen Gewalt, die bei ihnen herrsche und der Trunksucht. Die beiden sind skeptisch bezüglich des Endes des Rassismus, solange »Millionen von Schwarzen ständig ihre Pässe bei sich tragen müssen« und endlose Qualen erleiden,

22 »*The pigs who run our countries and us the chickens wo criticize them*«, S. 94.

Tausende angegriffen und verhaftet, viele gefoltert und etliche gehenkt werden; während »ein schwarzer Staatsmann am Grabe De Gaulles weinte«, der Südafrikas damaligen Präsidenten Vorster mit Kriegsmaterial versorgte (S. 103).

- Kunle glaubt an Transplantationsversuche mit Hunden und Katzen, aber nach den Erfahrungen, die sie in London mit Tieren und ihren BesitzerInnen gemacht hat, bezweifelt Sissie solche.
- Sissie spricht von Briefen, die aus Afrika von Verwandten an die ewigen StudentInnen in Übersee geschickt werden. Sie sind stolz auf ihre Söhne und Töchter, wollen nicht jammern, aber ersehnen sie zurück und schildern zugleich ihr eigenes Elend: Wir haben Schulden, brauchen wichtige Medikamente, für die Geschwister ist kein Schulgeld da, die reichen Nachbarn wollen uns unser Land erpressen (S. 105f.).
- Kunle kehrt nach Jahren endlich zurück in sein Land, mit einem Auto, das – aus Prestige – ein Chauffeur lenkt, der ihn zu Tode fährt. Ein sinnloser Tod, wie der so vieler AfrikanerInnen (S. 108).

A Love Letter

In diesem letzten Teil des Romans kommt nur mehr Sissie selbst zu Wort, sie ist durch die Erfahrungen in England und Deutschland gereift und hat eine Entscheidung gefällt, deren Zustandekommen in diesem Brief, der eine dialogische Auseinandersetzung mit ihrem geliebten Freund darstellt, aufgerollt wird.

Sie spricht zu ihm über die tödliche westliche Zivilisation, die das Leben erstickt und ganze Rassen eliminiert hat (S. 112). Er – schreibt sie – würde darauf antworten, daß sie zu negativ eingestellt sei. Aber es habe so viele Leute gegeben, fährt sie fort, die uns übel wollten, sie machten uns zu Sklaven, ließen uns gegen wenig Geld oder gar nichts arbeiten, überfielen uns mit einer Aggressivität, als ob wir die Schuld daran trügen, daß sie das Gefühl hatten, physisch unterlegen zu sein (S. 115). »Wir können in vielen Bereichen unseres Lebens nicht sinnvoll handeln wegen all der Dinge, die wir durchgemacht haben« (S. 113). »Wir sind zerstreut worden. Wir wandern zu weit. Wir sind in Gefahr, ganz verloren zu gehen... Wir haben die Perspektive verloren« (S. 118). Der Freund, meint sie, würde kontern: »Laß Zeit vergehen, ... die Fehler der Vergangenheit können nicht in einem Tag gutgemacht werden« (S. 118). Aber die Zeit muß etwas mit sich bringen, entgegnet Sissie, »etwas was wir schätzen« (S. 113).

Sie meint weiter: Denke nur an die englische Sprache, die wir sprechen, »sie versklavt mich, legt die Botschafter meines Geistes in Ketten« (S. 112). Jemand überwacht uns ständig, hört zu, wenn wir sprechen oder telephonieren; sie interessieren sich dafür, wie wir denken, wie wir tanzen, wie wir uns lieben; manchmal fühle ich ihre Blicke, wie sie fast Löcher in meinen Rücken bohren. »Wir müssen unsere eigene geheime Sprache haben, wir müssen sie selber schaffen« (S. 115f.). Und:

Sie wollen vielleicht, daß wir uns nur der Zeit anpassen, gefühlloser werden gegen moderne Formen althergebrachter Grausamkeiten wie Felder verbrennen, Flüsse vergiften, Bäume entlauben, alles nur, um Menschen vor einer schlechten Ideologie zu retten; ihnen schwere Waffen liefern, damit sie sich nicht gegenseitig abschlachten; Techniken entwickeln, die die Erde in Minuten vernichten können, um den Frieden zu erhalten! »Manche verstecken vielleicht schreckliche kollektive Geheimnisse«, aber Verständi-gung kann nur herrschen, wo es Offenheit gibt (S. 115f.).

An ihrem Freund und den anderen Afrikanern, die Sissie in England getroffen hat, kritisiert sie vor allem das ewige Hinauszögern oder gar die hartnäckige Verweigerung der Rückkehr in die Heimat, auch wenn sie längst mit ihren Studien fertig sind. Selbst die Professoren zuhause beteuern, um nicht wieder umlernen zu müssen: Die Uhr läßt sich nicht zurückdrehen, »Literatur, Kunst, Kultur und Wissen sind universell. So müssen wir uns beeilen, unsere Identität schnell zu verlieren, um der großen Familie der Menschheit anzugehören«, klagt Sissie (S. 120f.).

Als Sissie in London auf der Versammlung der StudentInnenvereinigung gegen das Phänomen der Heimkehrverweigerung wettert, werden ihr von den Kollegen unzählige Argumente für das Bleiben (und Studieren) an den Kopf geworfen:

- zuhause zähle ein Titel sehr viel,
- die Dissertation brauche lange Zeit,
- zuhause gebe es keinen Job, nicht einmal um ein Drittel der lokal üblichen Gehälter; Bewerbungen würden überhaupt nicht beantwortet,
- einer müßte sich hier noch einer teuren kosmetischen Operation, nämlich dem Einsetzen von Barthaaren, unterziehen,
- ein anderer baue hier Häuser für seine Landsleute, kümmere sich um Neuankömmlinge, um ihre Feste, um Beerdigungen und Überführungen für die afrikanische Gemeinschaft (S. 121–125);
- ein hervorragender Mediziner, Experte für den Verdauungstrakt, ist überzeugt, seinem Land besser durch die Anerkennung zu dienen, die er hier als Afrikaner genieße – manche Leute kämen nur, um sich zu vergewissern,

daß er wirklich schwarz sei! Und übrigens wäre er daheim unfähigen, korrupten, zivilen oder militärischen Regimes unterstellt, auch der Standard seiner Kollegen in den Spitälern sacke ab, sie täten nichts und ließen auch andere nichts tun (S. 126f.);

- und viele, viele behaupten, ihren Familien daheim zu helfen, ihre ganze Verwandtschaft zu versorgen; die matrilinearen Akans aus Ghana hätten es dabei noch schwerer als die anderen, sie hätten noch größere Clans. Alle wollten für ihre Mütter etwas tun, weil diese gelitten hätten. Natürlich hat die afrikanische Mutter gelitten, denkt Sissie: Sie sah ihre Kinder als Sklaven fortgeschleppt, zur Zwangsarbeit oder Plantagenwirtschaft verurteilt, in fremde Armeen und zu deren Kriegen verpflichtet, daran gestorben oder verkrüppelt. Kinder, die im Ausland bleiben, bringen ihr Enkel, die ihre Sprache nicht sprechen (S. 122f.).

Aber Sissie glaubt nicht, daß Europäer die Bedeutung afrikanischer Intellektueller anerkennen wollen, das hätten sie längst tun können (S. 129f.). Viele der Argumente kann sie nicht widerlegen; besonders der Mann, der für die AfrikanerInnen in London sorgt, beschämt sie. Ihre Wut geht in Trauer über. Aber sie wünscht trotzdem, daß ihre Leute heimkehren (S. 130), für sie ist das selbstauferlegte Exil nur eine »neuere Version des alten Bankrottes« (S. 121). Sie unterwirft sich auch nicht der Meinung ihres Freundes, der ihr eine »anti-westliche Neurose« (S. 119) bestätigt. Sie weiß, daß Einzelmaßnahmen dem Ganzen nicht wirklich nützen können, z.B. »daß alle ihren Müttern daheim günstige Häuser bauen. Was käme als nächstes?« (S. 123).

Sie allein scheint die Gesamtverantwortung zu spüren, denkt an das Weiterleben als Gruppe. Sie nimmt eines der größten Opfer auf sich, das für ein Menschenleben entscheidend ist: Sie löst sich von ihrem Partner, der nicht zurückkehren will. Obwohl sie ihn sehr liebt – er ist gebildet und freundlich, schaut gut aus, diskutiert geduldig mit ihr – und obwohl sie ihn braucht und er ihr sehr fehlt, steigt sie ins Flugzeug und fliegt nach Hause. Dies entgegen dem Zuraten ihrer FreundInnen, ihre Überzeugung und ihre Pläne über Bord zu werfen und dem Mann ihres Lebens zu folgen. Obwohl *die afrikanische Frau* der Tradition nach sanft sein und sich normgerecht verhalten soll, kann sie seiner Entscheidung nicht zustimmen. Sie widerlegt dieses Bild *der afrikanischen Frau*: Selbst im Dorf aufgewachsen, bei Eltern, die nie die Schule oder eine Stadt besuchten, kann ihre erste Sozialisation nicht westlich gewesen sein. Was afrikanische Männer von Frauen heute erwarten, entspringt einer westlich-viktorianischen Vorstellung von gehorsamer Unterwerfung: Jede Diskussion darüber wird schon übel genommen, sagt Sissie (S. 117).

Sie schreibt dem Freund im Flugzeug einen langen Abschiedsbrief, der all diese Klarstellungen enthält, den sie aber schließlich gar nicht abschickt, als sie daheim ankommt – die Entscheidung ist schon unwiderruflich gefallen.

ANALYSE DER WICHTIGSTEN ENTWICKLUNGSPOLITISCHEN AUSSAGEN in »Our Sister Killjoy or Reflections from a Black-eyed Squint«

Zunächst möchte ich aus dem 2. Kapitel das Beispiel der Einsamkeit der EuropäerInnen nennen, die die Autorin als eine Folge des Hinausstürmens (»ins feindliche Leben«) und des Eroberungsdranges des europäischen Mannes begreift. Sicher besteht hier ein Zusammenhang: Selbstverwirk-lichung, Abenteuersuche, Beherrschung weiter Teile der Welt ist für diesen Mann wichtiger als die unmittelbare Sorge für die häusliche Gemeinschaft, deren Aufbau für ihn nicht so wichtig war oder deren physisches Überleben offenbar auch ohne ihn gesicherter schien als in Afrika. Zwar haben auch afrikanische Völker Eroberungskriege geführt, jedoch nicht außerhalb ihres Kontinentes und oft zur notwendig scheinenden Existenzsicherung. Der Zusammenhalt von kleineren menschlichen Gruppierungen blieb dort eher gewahrt, auch Frauengemeinschaften bildeten sich als Schicksalsverbände stärker heraus als in Europa – hier entstanden sie nur in der asketischen Lebensform der Klöster. Intimes und befriedigendes menschliches Zusammenleben konnte durch dieses mutwillige Weggehen und Verlassen der Primärgemeinschaft auf der Strecke bleiben.

Ebenso wird Kälte als Faktor für Einsamkeit genannt. Es stimmt, daß verschlossene Türen und Fenster, fehlendes Leben auf offenen Straßen und Plätzen, Sich-Abschließen in Häusern sicher nicht die Verbindung von Menschen untereinander fördert. Als kältegewohnte Mitteleuropäerin kann ich die Kälte nicht als so lebensbedrohlich sehen wie eine Bewohnerin des tropischen Afrika: Auch die Hitze nährt Keime des Todes.

Das *ius primae noctis* deutscher Fürsten läßt sich irgendwie mit der von Europäern so geschmähten Polygamie und dem Verkauf von Frauen vergleichen – auch da wurde die eigenständige Personhaftigkeit von Frauen grundsätzlich mißachtet. Fast jede patriarchale Kultur hat in diesem Bereich ihre frauendiskriminierenden Ausschweifungen, aber Polygamie konnte oder kann unter Umständen eine erträglich geordnete Regelung darstellen.

Daß Fehler in der Vergangenheit eines Landes Fremden oft bewußter sind als Einheimischen, zeigt auch die Entschiedenheit, mit der Sissie den Besuch Münchens ablehnt. Da ihr der Mund offen stehen bleibt, als sie hört, die

Deutschen seien auch unterdrückt gewesen, muß Sissie – sprich die sehr belesene *Ama Ata Aïdoo* – sich die Frage gefallen lassen, ob sie von der Wirtschaftskrise der 20er Jahre, der enormen Arbeitslosigkeit und unvorstellbaren Inflation, kurz der Armut der deutschen und österreichischen Bevölkerung in der Zwischenkriegszeit nichts gehört habe, auch wenn diese zugegebenermaßen mit der Kriegsschuld zusammenhing. Auch die Bedrohung der wirtschaftlichen Existenz kann die Würde der Menschen vernichten – das erfahren AfrikanerInnen täglich – wenn auch die Unterdrückung der Schwarzen in allen Kontinenten einer anderen Kategorie zuzuordnen ist und Sissie daher keinen Vergleich duldet. Aber selbst die Kritikerin *Chimalum Nwankwo* hält ein gewisses Maß an Vorurteilen trotz *Aïdoo*s Stärken bei ihr für möglich[23].

Daß die Hautfarbe als Vorwand genommen wird, gemein zu sein und Menschen alles wegzunehmen – ein Teil des europäischen Abenteuers – bringt Rassismus und seine Auswirkungen auf den einfachsten Nenner. Was den Wunsch nach einer eigenen Sprache betrifft, sprechen auch Europäer Sprachen, die Millionen Menschen verstehen und sie daher nicht vor Kontrolle schützen. Aber es geht hier um eine eigenständige afrikanische Sprache. *Aïdoo* würde eine einheitliche Sprache für den ganzen Kontinent befürworten und unterstützen, etwa Kisuaheli oder Hausa[24].

Sehr erstaunlich ist *Aïdoo*s sehr ungeschützte, mutige Kritik an afrikanischen Regierenden, die sie unverblümt als »Schweine« bezeichnet, an der »Maskerade« der Unabhängigkeit, an der Korruptheit der Eliten, die sich bereichern und ihr Land, ihre Menschen verkaufen und verkommen lassen. All diese Aussagen hätten für die Autorin gefährlich werden können.Sie hat später Ghana verlassen und eine Zeitlang in Zimbabwe gelebt, wo aber auch keine Meinungsfreiheit in westlichem Sinne herrscht.

Sissies tapferes Eintreten für die Rückkehr von Studierenden aus Entwicklungsländern in ihre Heimat nach Beendigung ihrer Studien liegt auf der Linie europäischer Entwicklungspolitik: Es ist der Zweck der Stipendien und Ausbildungsplätze, daß die Fähigkeiten der Ausgebildeten ihrem Herkunftsland zugute kommen. Bleiben sie alle in Europa, wird ihr Land ständig seiner besten und fähigsten Köpfe beraubt – es wird noch mehr in Chaos und Korruption versinken. Denn gerade die gebildeten RückkehrerInnen sollten diese Mißstände bekämpfen. »Wenn eine Atmosphäre so träge ist wie das heutige Afrika ... dürfen den Menschen dort nicht noch Träume verkauft werden«

23 NWANKWO, Chimalum: The Feminist Impulse and Social Realism in Ama Ata Aïdoo's *No Sweetness Here* and *Our Sister Killjoy*, in: DAVIES/GRAVES 1986, a.a.O., S. 158.

24 JAMES, Adeola: In Their Own Voices. African Women Writers Talk, London 1990, S. 9–10.

(S. 129). Hier fügt sich auch das Problem ein, daß den Lieben zuhause »aus Prestigegründen« nicht reiner Wein eingeschenkt wird. Die so gepflegten Illusionen ziehen wieder weitere Einreisen und große unerfüllbare Erwartungen nach sich, die die Ausgewanderten in schlimme Konflikte stürzen können, wie sie manchen Menschen in Europa von AfrikanerInnen bekannt sind. Wie sollen diese Konflikte gelöst werden? Es ist nur möglich von seiten der Emigrierten. Über das Verständnis für Sissies Argumente und Gefühle hinaus sollten sich westliche LeserInnen fragen, ob nicht eine falsche Stipendienpolitik – ein Teil der Entwicklungspolitik – an der im Roman geschilderten Situation mit schuld ist. Wenn arme Länder sich die Dienste ihrer AkademikerInnen nicht leisten können (S. 122), liegt es auch an der Organisation und der Art der Ausbildung. Wäre es nicht sinnvoller, Ausbildungsstätten in den Heimatländern zu unterstützen, die auf Tätigkeiten vorbereiten, die der Staat bezahlen kann? Für AuslandsstudentInnen muß die Reintegration, wie sie teilweise heute schon gefördert wird und die Rückkehr mit dem Ausbau eines sinnvollen Projektes zuhause verbindet, verstärkt werden.

Die Herztransplantation ist ein typisches Beispiel einer anderen, manchen Weißen vielleicht »schräg« erscheinenden afrikanischen Sicht, die sich von der europäischen Perspektive grundlegend unterscheidet. Im Westen herrschte Triumph und Freude über diesen medizinischen Erfolg, denn da wurde nur an Menschen gedacht, die sich das medizinisch Machbare auch leisten können. Bei den AfrikanerInnen, die davon am wenigsten profitieren, was westlichen Meinungsmachern nicht bewußt ist oder sie nicht kümmert, herrschte Skepsis vor. Wer von dem blühenden Organhandel weiß, der Kinder aus armen Ländern zugunsten von Reichen aus westlichen Ländern ihrer Augen und anderer Organe in brutaler Weise beraubt, z.B. an der mexikanischen Grenze zu den USA, muß zugeben, daß das, was *Aïdoo* zweifelnd und in prophetischer Weise voraussah, von der weiteren Entwicklung bei weitem an Unmenschlichkeit übertroffen wurde. Bleibt zu hoffen, daß ihre warnende oder »verquere« Sicht der Dinge nicht noch in weiteren Bereichen von der Wirklichkeit übertroffen wird. Denn wenn *Aïdoo* die westliche Zivilisation als tödlich bezeichnet, können EuropäerInnen sich mit dieser Sicht vielleicht nicht vorbehaltlos identifizieren. Abgesehen davon, was Europa anderen Erdteilen angetan hat, brauchen wir aber nur daran zu denken, welche Gefahren für die ganze Menschheit der sogenannte Fortschritt in Wissenschaft und Technik in sich birgt, durch sämtliche hochentwickelte Waffensysteme, ob konventionell oder nuklear, chemisch oder biologisch, durch die »friedliche« Nutzung der Atomkraft, die Genmanipulation usw. Viele von uns haben sich daran gewöhnt und können von *Aïdoos* Sichtweise lernen.

3. *KEN BUGUL*, DIE NACHT DES BAOBAB

Eine Afrikanerin in Europa. Aus dem Französischen von Inge M. Artl. Dialog Dritte Welt, Unionsverlag Zürich 1985, 191 Seiten.

EINLEITUNG

Das Buch kam erstmals 1982 beim Verlag *Les Nouvelles Africaines* in Dakar, Senegal, unter dem Titel *Le Baobab Fou* heraus. Der englische Titel *The Abandoned Baobab* wird am ehesten dem Inhalt des Romanes gerecht. Das Werk ist in Wirklichkeit eine Autobiographie der Senegalesin *Mariétou M'Baye*, die, 1948 in der Region Saloum geboren, in den 80er Jahren nach dem Tod ihres Gatten im Senegal und in Kongo Brazzaville für internationale Wohlfahrts- und Familienplanungs-Organisationen arbeitete[25]. Aus einer muslimischen Familie in einem zu 90% muslimischen Land stammend, verbirgt sie sich, um einen Skandal zu vermeiden, auf ausdrücklichen Wunsch der Verleger hinter dem Pseudonym *Ken Bugul*. Dieser Name bedeutet in Wolof *niemand will* (*sie, es* oder *mich*); es ist ein Schutzname gegenüber den Geistern, um ein Kind am Leben zu erhalten, dessen ältere Geschwister bisher alle gestorben sind: Damit wird Desinteresse vorgetäuscht[26]. Offenbar wollte sich auch die Autorin vor bösen Geistern schützen.

Wer dieses Werk als Roman liest, wer die Entwicklung einer Beziehungsgeschichte erwartet, wird vielleicht enttäuscht sein und möglicherweise die vielen versteckten oder offenen Andeutungen überlesen, die in einem größeren Zusammenhang stehen, sich schließlich zu einer starken Botschaft zusammenfügen und auf einen unerwarteten Schluß hintreiben. *Ken* hat viele Beziehungen, keine ist durchgehend und letztlich befriedigend. Tatsächlich handelt es sich um einen Bericht der harten Begegnung zweier Kontinente und ihrer Geistesgeschichte in einer Person.

Bei der Besprechung *Buguls* entwicklungspolitischer Aussagen folge ich enger als bei *Aïdoo*s Werk dem Gang der Handlung, weil *Kens* Leben und alles, was sie unternimmt, so stark von dem einen entscheidenden Erlebnis ihrer frühen Kindheit, der Trennung von ihrer Mutter, geprägt ist. Diese Trennung wird herbeigeführt durch die französische Schule, die eine Folge der Kolonisation ist, d.h. *Kens* ganze Lebensführung und ihr Verhalten wird

25 HERZBERGER-FOFANA, Pierette: Ken Bugul, une forme d'écriture féminine, in: Ecrivains africains et identités culturelles. Entretiens, Tübingen 1989, S. 59.

26 D'ALMEIDA, Irene Assila: Ken Bugul: The Process of Self-Discovery, in: Francophone African Women Writers. Destroying the Emptiness of Silence, University of Florida 1994, S. 44 und 45.

zu einer Reaktion auf die Kolonisation und damit zu einer entwicklungspolitischen Aussage.

Bugul stellt ihre Erfahrungen in Belgien an den Anfang, sie sind das Wesentliche ihrer Botschaft, wohl noch eindrücklicher für ihr afrikanisches als für ihr europäisches Lesepublikum. Erst stückweise und gegen Ende entwickelt sie zwischendurch ihre persönliche Vorgeschichte, die sie veranlaßt hat, Europa zu suchen. Auch sie beginnt aber den Roman fast rituell mit einer Erzählung über das Dorf ihrer Vorfahren aus der Zeit, bevor ihr Vater mit seiner Familie zu der ausgebrannten Stätte kommt und sie zu neuem Leben erweckt. Zu diesen Vorfahren zählt auch der Baobab, der Affenbrotbaum vor ihrem Haus, der für sie ein lebendiges Wesen verkörpert und dessen Entstehung ebenfalls geschildert wird. Auch ein Weiser ohne Alter – er behauptet, seit 500 Jahren hier zu sein – kommt dabei vor.

In meiner Darstellung halte ich mich im Gegensatz zu *Bugul* an die zeitliche Abfolge der Geschehnisse. Das durchgehende Prinzip und Leitmotiv dieses Werkes, der Angelpunkt, um den die ganze Geschichte schwingt, ist *Kens* Suche nach sich selbst, nach ihren Wurzeln, ihrer Identität. Es ist eine zerstörerische Selbsterforschung, verursacht durch den Verlust ihrer Mutter und damit ihres gesamten emotionalen Nährbodens. Durch den Einfluß der Schule und ihrer Lerninhalte entfremdet sich *Ken* ihrer Familie und ihren Traditionen immer mehr und erwartet zugleich das Heil von Europa. Aber die neokoloniale Gesellschaft des Nordens kann ihr keine Lösung bieten und stürzt sie in unerträgliche Qualen – eine Botschaft an europäische LeserInnen, sich mit diesen Qualen auseinanderzusetzen.

KENS GESCHICHTE UND IHRE AUSSAGEN

In der Heimat

In der Schule hat *Ken* von der Überlegenheit der Weißen gelernt, die Schwarzen werden herabgesetzt, der Unfähigkeit und Dummheit bezichtigt[27]. Als Teenager ahmt sie die westliche Lebensweise nach, redet in den Ferien im Dorf mit den SchulkameradInnen nur französisch, grüßt die Leute mit *Bonsoir*, trägt Unterröcke, Schuhe mit hohen Absätzen, lackierte Nägel und entkräuselte Haare (S. 140)[28]. Sie wünscht sich einen weißen Freund, liest Modezeitschriften aus Paris und andere europäische Literatur, glaubt an »unsere Vorfahren, die Gallier« (S. 34, S. 72, S. 87, S. 170 u. a.) und

27 D'ALMEIDA 1994, a.a.O., S. 50.

28 Die Klammerzahlen geben die Seitenzahlen der oben zitierten deutschsprachigen Ausgabe an;

anderes aus den französischen Schulbüchern. Europa wird zur Besessenheit. *Kens* ganze Kindheit und Jugend verläuft »... im Nebel der ständigen Suche nach dem Unendlichen. Das Bewußtsein ist erstickt in diesen faszinierenden und schrecklichen Welten der Entfremdung« (S. 60). Aber sie erkennt die Ursache für die Entfremdung noch nicht. Der »Kolonialismus, der die Geister verwirrte, schuf eine Menschenklasse ohne Halt. Er hatte aus den meisten von uns unlogische Geschöpfe gemacht.« *Ken* will das aber nicht hinnehmen, sie will festen Grund finden (S. 83).

Die kolonisierte Gesellschaft wurde von der westlichen Lebensart gleichzeitig angezogen und abgestoßen; nicht nur *Ken* geht es so, sondern auch ihrer Familie: Irgend jemand muß ja entschieden haben, daß sie die französische Schule besuchen soll, die ins Dorf gekommen ist. *Ken* ist überhaupt das erste Mädchen in der ganzen Verwandtschaft, das in die Schule geht. Ihre Eltern sind alt, sie hat keine jüngeren Geschwister, auf die sie aufpassen müßte (S. 115), sie ist für das Lernen frei. Als die Mutter, deren seelische und körperliche Nähe ihr Ein und Alles ist, das Dorf verläßt, bleibt die Fünfjährige wegen der Schule allein zurück (S. 76–79). Sie weint die bittersten Tränen ihres jungen Lebens und fällt in ein Loch von Einsamkeit: Die Geschwister sind alle viel älter, teilweise nicht mehr zuhause und *Ken* kennt sie gar nicht; von der geliebten Großmutter, die sonst innigste Beziehungen zu den Enkelkindern hat (S. 154), wird sie als erstes Mädchen, das die Tradition bricht, nun abgelehnt (S. 53). Zum alten erblindeten Vater (S. 30), dem Patriarchen der Großfamilie, der sich als Marabu intensiv in islamische Lehren und Gebete vertieft, ist die Distanz zu groß. Er ist freundlich und gütig, aber beantwortet ihre Fragen kaum und lächelt nur.

Das heißt, *Ken* wird der westlichen Erziehung überantwortet und dann aus Ablehnung, vielleicht auch aus Hilflosigkeit, sich selbst überlassen. Niemand interessiert sich für ihre guten Noten und die zahlreichen Preise, die sie erhält (S. 139), niemand gibt ihr Zuspruch. Sie kann mit niemandem über ihre Erfahrungen und Empfindungen sprechen und erstickt fast daran (S. 137). Sie stürzt sich ins Lernen, da sie sonst keine Ansprache hat, und es ist nur folgerichtig, daß sie alles daran setzt, nach Europa zu gelangen, in das Land der Träume, der Illusionen, der Verheißungen, das Vorbild, das Gelobte Land (S. 27).

In der Gymnasialzeit lebt sie, isoliert »wie eine Fremde« (S. 132), bei verschiedenen Verwandten und Bekannten in der Stadt; so in der Hauptstadt Dakar bei einem viel älteren, verheirateten Bruder in einem verwestlichten Haushalt der neokolonialen Elite, in einer Stockwohnung mit Telefon, Fotoapparat, vielen europäischen Büchern, Eisschrank und Essen bei Tisch

mit Besteck, das sie nicht gewohnt ist. *Ken* will diesen Lebensstil mitmachen, obwohl es schwieriger ist, als die französische Schule zu besuchen (S. 141–143). Auch der andere Bruder kann zu ihr keine enge Beziehung aufbauen – sie haben nie als Geschwister miteinander gelebt.
Es ist die Zeit, in welcher der Senegal gerade die staatliche Unabhängigkeit erlangt hat: 1960. *Kens* männliche Verwandte, die am Befreiungskampf teilgenommen haben, sind entweder »Anhänger eines Kompromisses mit dem Kolonisator oder von den Ideologien des Ostens verführt, die nicht gerade zu den Traditionen des Senegals paßten« (S. 145). Die Unabhängigkeit enttäuscht viele Hoffnungen, denn sie bringt nicht die Rettung für Afrika, das »so gewaltige Umwälzungen, ungezählte Raubzüge und Massaker an schwarzen Menschen durchgemacht hatte. Wir lebten nur auf fremdartige Weise weiter, ohne recht zu wissen, wer und was wir waren« (S. 145).

Bald darauf findet in Dakar das *Erste Weltfestival der Afrikanischen Kunst* statt (S. 150). Was von afrikanischer Kunst noch übrig ist, wird naiv und ohne Groll vor Siegern und Besiegten ausgebreitet. Es herrscht die Einstellung: »Sie haben uns nichts weggenommen. Die Kunst und Kultur der Vorfahren ist uns geblieben, und die der Diaspora. ... aber man wußte, daß man das Heilige aufgegeben hatte. ... Was der Schwarze ertragen hatte, konnte mit solch einer Zurschaustellung nicht aufgewogen werden« (S. 151). Afrikaner müßten sich unter den Palaver-Baum setzen können, um im Zwiegespräch mit den Vorfahren das Ausmaß der Verirrungen zu erkennen (S. 151).

Während *Ken* noch in Dakar studiert, flüchtet sie sich in Phantasien über ihr Heimatdorf. Wenn andere begeistert von ihren Familien erzählen, kann sie nicht mithalten. Erzählt sie von ihrem Baobab, wird sie verspottet (S. 169). Für sie ist er der Inbegriff des Zuhauses, ihr einziger Vertrauter. Solange die Mutter im Haus war, spielte sie unter seinen Zweigen; er war Zeuge, als die französische Schule ins Dorf kam (S. 115) und als die Mutter mit dem Zug wegfuhr. Er konnte lachen und weinen, auch schlafen und träumen (S. 23). In seinem Schatten stand *Kens* Geburtshaus, hier wurde gekocht und gegessen, an ihm vorbei führte der Weg zum Brunnen und zur Schule. »Der Vater träumte dort; die Mutter niemals« (S. 20). Der gewaltige Baobab ist majestätisch wie eine Kathedrale, hat süße Früchte, mit deren Saft Krankheiten geheilt werden; seine Blätter werden Speisen zugesetzt und gegen Müdigkeit verwendet, aus der Rinde werden Hängematten geflochten (S. 21). Mit ihm verbindet *Ken* die Erinnerung an ihr Dorf, an Savanne und Sand, Licht, Sonne und Wind (S. 160).

Verschiedene Männer wollen *Ken* heiraten, aber was sie sucht, kann ihr keiner bieten: Sie will Halt finden, ein echtes Gefühl erleben (S. 170). An den

Abenden im Dorf mit dem leidenschaftlichen Tamtam, bei dem sich Burschen und Mädchen treffen, beteiligt sie sich nicht. Den Schwung ihres Herzens hat die französische Schule zugedeckt, das »europäische Halseisen bremste« ihre Instinkte (S. 162). Sie trägt europäische Kleider und vertieft sich in Bücher und engagierte Literatur, ihre einzigen Gefährten (S. 169).

In Belgien

Als sie zum zweiten Mal aufgrund ihres guten Studienerfolges um ein Stipendium nach Europa ansucht, erhält sie es tatsächlich. Es geht ihr mehr darum, aus der Situation im Senegal, die sie nicht befriedigt, fortzukommen (S. 170). So stellt sich in Belgien auch bald heraus, daß sie das Studium weniger interessiert, als das Land der Weißen kennenzulernen (S. 32), um irgendwo eine »heilige Bindung« zu entdecken (S. 170), »das unmögliche Absolute zu erreichen« (S. 60). Allein in einem kleinen Zimmer, überfällt sie sofort Verzweiflung und Einsamkeit, sie denkt an ihr Dorf, wo alle beisammen schlafen (S. 37), und an den Baobab. Sie fürchtet sich vor dem so lange begehrten Europa: Die Leute rennen aneinander vorbei und grüßen einander nicht (S. 40f.). Einerseits nimmt sie niemand zur Kenntnis, andererseits folgt jedoch bald eine Beachtung, mit der sie nicht gerechnet hat: *Ken* ist schön, intelligent und interessiert, attraktiv und hat einen anmutigen Körper. Es ist in Europa gerade »in«, zahllose Bücher über Afrika zu lesen, afrikanische Freunde und Freundinnen zu haben, einen »echten Tutsi oder Peul zu kennen« (S. 72). Auf diese Weise kommen die Weißen von ihren Schuldgefühlen los, stellt sie fest (S. 70 und S. 103). *Ken* wird als exotisches Anhängsel, als Spielobjekt vorgeführt (S. 70). Sie wird gefragt, welchem »Stamm« sie angehöre – die *Peul* z.B. gelten als feingliedrig – denn wer das genau weiß, rechtfertigt damit sein Interesse (S. 72). *Kens* schöne schwarze Haut und ihre zarten Gelenke werden bewundert. Kaum ein Mann, mit dem sie zu tun hat, sei es der Hausverwalter oder der Arzt, kann sich der körperlichen Anziehungskraft ihrer Erscheinung entziehen und unterläßt einen Annäherungsversuch.

Ihre erste Liebesbeziehung zu Louis, einem jungen Belgier, der in alles Afrikanische verliebt ist, überzeugt sie, daß sie den Weißen ebenbürtig ist. Aber er und seine weiße Haut stoßen sie auch ab. Als sie von ihm ein Kind erwartet, läßt sie es abtreiben. Sie hätte in dieser Zeit etwas anderes gebraucht als Sex: Hilfe beim Erkennen der realen Gegebenheiten, die sich für sie in »verschlungenen, trümmerhaften Traumlandschaften versteckten« (S. 48f.). Sie unterhält sich gern mit Weißen, sie versteht ihre Sprache, mit ihnen kann sie besser diskutieren als mit AfrikanerInnen, denn 20 Jahre lang hat sie nur *ihre* Gedanken und Gefühle gelernt. Sie identifiziert sich mit den Weißen, aber diese sich nicht mit ihr (S. 63). Es gibt auch echte Rassisten, meist die Eltern junger Leute, zu denen sie oder andere afrikanische KollegInnen nicht ins Haus kommen dürfen (S. 89 und S. 97). Der Arzt, der bei ihr die Abtreibung durchführt, äußert seine tiefe Verachtung für die »Rassenmischung«, sie führe zu Degeneration (S. 55).

Ken vergleicht die triste Situation in seiner Ordination mit der im Dorf: Frauen hatten uralte Mittel zur Beendigung einer Schwangerschaft, sie wurden aber selten verwendet. Mutter und Vaterschwester nahmen sich der Sache an, wenn es gesellschaftlich notwendig erschien. Unverheiratete Mütter gab es nur bei Vertreibung und Flucht, wenn also die gewachsenen Werte zerfielen (S. 60). Leonora, eine italienische Freundin, die *Ken* nach dem Eingriff betreut, gibt ihr Zuwendung, wie sie sie seit 20 Jahren von den Ihren erwartet hätte. Aber mit ihren afrikanischen Landsleuten, die sich im Kompromiß mit dem Neokolonialismus wohlfühlen (S. 62), kann sie sich kaum anfreunden.

An dieser Stelle möchte ich auf einige Vorstellungen aus der afrikanischen Überlieferung und Erlebnisse *Kens* hinweisen, die die Autorin zwischendurch rückerinnernd liebevoll und teilweise romantisierend[29] schildert, weil sie sie im Gegensatz zu den tristen Erfahrungen in Europa positiv sieht:

- »die Mutter, die ewige, nie versiegende Quelle, die unentbehrliche Frau, ohne die es kein Leben gibt« (S. 16),
- die Mutter, die auf ihrem täglichen Weg zum Brunnen ins Leere schaut, Gelassenheit ausstrahlt – zugleich fragt *Ken* aber »war das Resignation oder Friede?« (S. 12). Leere ist der einzige wirkliche Feind des Menschen, heißt es an anderer Stelle, und muß schöpferisch und erfindungsreich gefüllt werden (S. 20), was *Ken* in ihrem Leben ja stetig versucht.
- *Ken* erzählt aus ihrer frühen Jugend von einer Zeit, als sie in einem polygamen Haushalt zur guten Ehe- und Hausfrau erzogen wird, alle harten Arbeiten sorgfältig und ordentlich verrichtet, wenig zu essen bekommt und keine Angst zeigen darf. Dabei erlebt sie auch die aufregenden Vorbereitungen zur Heirat junger Mädchen. Ihr gefällt damals diese Lehre in Frauenarbeit und Gehorsam: Geduld, Demut, Verfügbarkeit, Häuslichkeit, Unterwerfung und Gebären ist das Ziel – in dieser Zeit denkt sie nicht an die französische Schule (S. 153–155, S. 158 und S. 165f.).

---

29 SALVODON, Marjorie: Contested Crossings: Identities, Gender and Exile in *Le baobab fou*, in: Denean SHARPLEY-WHITING T./Renée T. WHITE: Spoils of War. Women of Colour. Cultures and Revolutions, Maryland 1997, S. 121.

- Die Mutter rät ihr vor der Abreise, im fremden Land nicht zu viel zu reden, nicht viel herumzulaufen, nicht viele Bekanntschaften zu machen (S. 31). Aber *Ken* nutzt ihre europäischen Maßstäbe, um die Mutter, die sie als Kind so sehr enttäuscht hat, abzulehnen (S. 144). Es kostet sie ohnehin viel Kraft, sich umzuformen, so daß sie ihre Umgebung als Hindernis für ihre Ziele empfindet (S. 141). Sie tut in Europa genau das Gegenteil dessen, was ihr die Mutter empfohlen hat.
- *Ken* preist kulturelle Werte Afrikas: die Casamance, die südliche Region des Senegal, die Wiege tausendjähriger Traditionen, des Sakralen, die Heimat heiliger Haine, »des Abschiedsgrußes an die Toten« (S. 159) und die wunderbaren Geschichten von ruhmreichen Heldentaten der Könige und Herrscher des alten Mali-Reiches (S. 168).

Jean, ein neuer Freund, führt sie ins mondäne Milieu einer großbürgerlichen Künstlerschickeria ein, in eine dekadente Gesellschaft, die sich jede Freizügigkeit erlaubt. Homosexualität ist dort gerade in Mode (S. 69), auch Dreiecksbeziehungen, die *Ken* mit der ihr vertrauten Polygamie vergleicht (S. 70): Nimmt in Afrika der Mann eine zweite Frau, bittet er die erste, zunächst eine Zeitlang nur die neue Frau besuchen zu dürfen, bevor er mit beiden abwechselnd eine gleiche Anzahl von Tagen verbringt (S. 23 und S. 73). Die zweite Beziehung wird jedenfalls öffentlich gemacht (S. 67).

Im Wirbel diverser Bekanntschaften, beim Zusammentreffen mit Leuten aus aller Welt, kommt *Ken* mit Drogen in Berührung. Haschisch wird ihr wie selbstverständlich gereicht. Sie denkt an den Einsatz von Drogenkräutern zuhause, der eine sakrale Handlung darstellt, zu Zeremonien und Heilungen verwendet wird. »Der Westen entheiligt alles« (S. 72f.). Diese Freiheit gibt *Ken* keinen Frieden. Sie hat sich das so ersehnte Europa anders vorgestellt und fragt sich nun: »Warum konnte ich nicht nach den vertrauten Sitten meiner Rasse und meines Volkes leben?« (S. 73). Als Jean an infektiöser Gelbsucht erkrankt, bleibt sie ganz nah bei ihm, wie sie es von zuhause bei Krankheiten gewohnt ist, pflegt ihn, heitert ihn auf und nimmt ihn in ihre Arme. Sie bedauert, daß in Europa Kranke und Behinderte, auch Kinder und Alte allein gelassen werden; »dabei sind das die unerschöpflichsten, intensivsten Zeiten des menschlichen Lebens.« Im Senegal »kümmert sich jeder um jeden« (S. 95). Der schon aufgegebene Jean wird gesund, *Ken* nicht angesteckt.

Ken findet, daß der wirtschaftliche Fortschritt dem Westen keine menschliche Entwicklung gebracht hat: Die Europäer stellen ihr eigenes Gesellschaftssystem in Frage, auch seine Kritiker agieren wie Sterbende. Und die Protestbewegungen der Schwarzen sind nur Spiegelbilder der weißen Bewegungen, der kulturelle Aufbruch der Négritude wird durch Beifall im Keim erstickt. »Es gelang uns nicht, eine eigene Formel für unsere Befreiung zu finden. Wir folgten der europäischen Methode, obwohl wir nicht unter den gleichen Bedingungen lebten, nicht die gleiche historische, kulturelle und soziale Vergangenheit hatten« (S. 87). Dazu kommt: »Die Eindringlinge hatten uns getrennt, die einen gegen die anderen aufgebracht, und es war uns nicht gelungen, uns daraus zu lösen. Und wie konnte man vom schwarzen Kampf, von schwarzer Macht, von schwarzer Kultur, von afrikanischer Einheit sprechen, solange wir dieses Problem noch nicht gelöst hatten?« (S. 107).

Als *Ken* sich von Jean trennt, flüchtet sie noch mehr in Drogen, lungert mit Hippies und Ausgeflippten in Cafés und Bars herum, entdeckt die Welt der Dealer und Nachtklubs (S. 96f.). Sie ist an vielen Orten die einzige Schwarze, trägt gewagte Kleider, fällt überall auf, gibt zuhause »exotische« Parties. Aber im Innersten ist sie bitter (S. 100): Sie hat von einem Zuhause geträumt und steckt nun in einem »Käfig unbefriedigter Phantastereien« und Träume (S. 97). In den Diskussionen mit weißen intellektuellen FreundInnen kann sie nie von sich sprechen; sie verstehen die Umwälzungen, die die schwarzen Menschen erfahren haben, in Wirklichkeit nicht, sprechen mit Selbstsicherheit über Dinge, die sie nie erlebt haben, interpretieren immer gleich, ohne zuzuhören. »Wie eingebildet sie alle waren« (S. 101). Wenn *Ken* ob dieser Ausweglosigkeit verzweifelt und weint, bewundern die Europäer ihren Gefühlsreichtum (S. 105).

Ihr drängendes Bedürfnis nach Gesellschaft zwingt sie, ihrer Einsamkeit, die sie als Elternlose, Schwarze, Kolonisierte empfindet, zu entfliehen (110). Sie taucht ab in Drogentrips, wo Illusionen zu Wirklichkeit werden und Schranken der Erziehung und Religion abfallen (S. 111). »Die Turbulenzen der Geschichte, der Tumult des Lebens« verschlingen sie (S. 106). In so einem Exzeß bittet sie die weiße Freundin Laura, ihr die schwarze Haut herunterzuziehen. Auf die Vorhaltungen der FreundInnen, das Kolonial-Trauma existiere nicht und sei für sie nur ein Vorwand, fragt *Ken* verzweifelt: »Warum rechnet niemand mit den Reaktionen einer schwarzen Frau auf den Neokolonialismus?« (S. 113). Sie muß also wieder verdrängen.

In zweifelhaften Lokalen, einer Sauna, wo sie als Masseuse, einem Nachtklub, wo sie als Tänzerin arbeitet, kann sie sich der Prostitution kaum entziehen. Andere reden ihr zu, mit ihrem schönen Körper Geld zu machen. Sie genießt auch die oberflächliche Macht über die Weißen, die ihr beim Geldausgeben in den Restaurants zuteil wird (S. 172). Ein Teil ihres Ichs, vom Alkohol animiert, wird vom Milieu reicher Geschäftsmänner, die jeden Preis zahlen, angelockt: Im Nobelhotel stellt sie sich elegant zur Schau, wird selbst zum Luxusprodukt (S. 125). Im Grunde will sie nichts anderes als mit einem Weißen zusammen sein, anerkannt und akzeptiert werden: »Diese grundlegende Sehnsucht, die Notwendigkeit von Zärtlichkeit, all die Gefühle, die dem Leben Sinn und Poesie verleihen« (S. 179). Aber zurück bleibt eine menschliche Misere; ihr Anteil daran ist das Gespenst der Einsamkeit (S. 129). *Ken* denkt an Selbstmord. Im Dorf kam er selten vor und war beinahe etwas Heiliges (S. 171).

Endlich kommt *Ken* nun zu Bewußtsein, daß die Kolonisation ihre Entwurzelung herbeigeführt hat und es wird ihr klar, daß sie den Clown gespielt hat. Sie betet zu Gott und bittet um das Auslöschen der 25 Jahre des Umhergetriebenseins (S. 181), der qualvollen Suche im Chaos (S. 172). Sie kehrt heim. Voll Wut und Verzweiflung steigt sie ins Flugzeug – und kommt unter ihrem Baobab zur Ruhe. Er ist zwar schon lange abgestorben, aus Trauer, weil sie ein versprochenes Treffen mit ihm nicht eingehalten hat, aber er heißt ihre Heimkehr gut: Er steht mit allen seinen Ästen noch aufrecht. Hier kann sie nicht mehr träumen, alles Unwirkliche, alle Illusionen sind ihr verboten (S. 181/182). Das kann einen Neuanfang bedeuten.

ANALYSE DER WICHTIGSTEN ENTWICKLUNGSPOLITISCHEN AUSSAGEN in »Die Nacht des Baobab«

Was *Ken* zur Verwendung von Drogen sagt, zu Abtreibungen, zum Selbstmord, zu Regeln der Polygamie, zur Stellung der Mutter und generell zu den Sitten ihres Volkes, zeigt, daß sie die heimatliche Praxis im Vergleich mit der europäischen als sinnvoll einschätzt oder sogar bevorzugt. Daß sich daheim alle um alle kümmern, daß sie nie allein ist, ist wohl eine Romantisierung, die eigentlich im Gegensatz zu *Kens* Erfahrungen steht.

Die Autorin spart aber nicht mit Kritik an ihrem Volk und manchen seiner Menschen, doch stehen die Auswüchse von deren Verhalten fast immer in Zusammenhang mit der Kolonisation. Wichtig scheinen mir die oben bereits zitierten Erkenntnisse: »*Der Kolonialismus schuf eine Menschenklasse ohne Halt. Er hatte aus den meisten von uns unlogische Geschöpfe gemacht. ... Es gelang uns nicht, eine eigene Formel für unsere Befreiung zu finden. ... Wir lebten auf fremdartige Weise weiter, ohne zu wissen, wer und was wir waren.*« (S. 83, S. 87 und S. 145). So erwähnt *Bugul*

- die verwestlichten Eliten im Senegal, die mit dem Kolonisator Kompromisse eingingen,
- die gefürchteten, sadistischen, gewalttätigen und bösartigen Lehrer, unter denen sie in der Volksschule zu leiden hatte, die folterten und schlugen. Sie

gehörten zur ersten schwarzen Lehrergeneration, die noch unter der Kolonialherrschaft Kriegsdienst für Frankreich zu leisten hatten und die enttäuscht zurückkamen, sich aber gut vorkamen, wenn sie brutal die koloniale Sprache und Poesie drillen konnten (S. 155–157),

- den Ausverkauf der eigenen Kunst und Kultur im Kulturfestival, das die ehemaligen Kolonisatoren gleichermaßen beteiligt,
- die afrikanischen Kollegen in Belgien, die sich anpassen, denen der Neokolonialismus nicht zu schaffen macht,
- Afrikaner, die dort weiße Freundinnen suchen, um sich versorgen zu lassen (S. 61) und im Gegensatz dazu
- afrikanische Männer, die auf »authentische Frauen, auf Mädchen vom Land« versessen sind, die warten können (S. 147).

Die Kritik an den EuropäerInnen nimmt mehr Raum ein und sie bezieht sich vielfach auf deren Unverständnis gegenüber dem Leiden der Schwarzen am Neokolonialismus. Weiße seien eingebildet, entnehmen Büchern oder einzelnen Menschen selektiv Informationen, die sie interessieren, glauben dann, alles zu wissen und alles kategorisieren zu können, interpretieren sofort, können nicht zuhören, oder sie romantisieren Dinge als exotisch.

Schwarzen Frauen wird menschliches Verständnis, Schenken von Geborgenheit kaum geboten. Als Afrikanerinnen und Kolonisierte werden sie wie Objekte behandelt, als Interessensobjekte oder von Männern vornehmlich als Sexobjekte. Es gibt generell wenig menschliche Nähe, wenig selbstverständliches Aufeinanderzugehen, wenig Zusammengehörigkeitsgefühl, besonders mit Alten, Kranken und Kindern. Schwarze Frauen können Zuwendung noch am ehesten von Frauen erfahren: Für *Ken* ist Laura eine Art Mutter, aber weder sie noch Leonora verstehen *Kens* Situation voll (S. 70). Außerdem gebe es zuwenig Frauenfreundschaften und Frauengemeinschaften in Europa, beklagt die Autorin, das Verhältnis von Frauen wird oft von Neid und Eifersucht überschattet. Dazu möchte ich als Europäerin anmerken, daß in unseren Ländern nicht diese strikte Trennung der Geschlechter im täglichen Leben ausgeübt wird, die es in Afrika großteils noch gibt. Diese läßt Frauen und Männer sich oft als Gruppen unvereinbarer Interessen gegeneinander wenden und macht die Bildung von gesonderten Frauen- und Männergemeinschaften sinnvoll.

Eine sensible Afrikanerin, die ihre Wurzeln, ihre Identität geopfert hat oder genötigt wurde, sie zu opfern für die Versprechungen und Verheißungen der westlichen Kultur, die Frankreich den Menschen in ihrem Land eintrichterte und auferlegte. Eine Frau, die sich dadurch ihrer eigenen Kultur, die als minderwertig dargestellt wurde, entfremdete, kommt nach Europa, um nach den Anweisungen der westlichen Kultur zu leben, eine Europäerin zu werden und darin ihren Halt zu finden. Sie erlebt nichts als Enttäuschungen, fast bis zum Wahnsinn. Die Verheißungen, »daß sich im Norden alles ohne Probleme arrangieren werde« (S. 33), werden nicht eingelöst. Die Antworten, die in der europäischen Schule zugesagt wurden, kommen nicht. Sie erkennt zunächst nicht, daß auch in Europa Suchende und Verzweifelte agieren oder solche, die mit ihren Mitteln das beste aus ihrer Misere machen wollen. Gutgläubig hat sie die Lehren der KolonisatorInnen in sich aufgesogen und trifft nun auf Gesellschaften, die sich im Strudel der späten 60er Jahre über alle bisher geltenden Werte hinwegsetzen, alles Heilige mißachten, sich selbst in Frage stellen und zerstören.

Ken Bugul kann das Gesuchte nicht finden, einerseits weil sie als Mensch nicht ernst genommen wird, ja sogar unverhohlenem Rassismus begegnet; andererseits, weil diese vorbildliche Gesellschaft, in der alles richtig gemacht wird und gut läuft, nicht existiert. Es gibt keine Lösung für Ken, als zurückzukehren und in Afrika wieder bei Null anzufangen. Und doch sollen europäische LeserInnen nach Meinung der Autorin aus den Geschehnissen in ihrem Roman etwas lernen. Sie sollen z.B. zu erkennen versuchen, was sich hinter Prostitution, geilem Sich-Anbieten, Drogenkonsum und Abtreibungen an seelischer Zerrissenheit und Zerfall von Selbstwertgefühlen verbergen kann und wo die Ursachen liegen. Ehemalige KolonialherrInnen sollen verantworten können, was in den aufgezwungenen europäischen Schulen, besonders in den früheren französischen Kolonien, den Kindern vorgespiegelt und versprochen wurde und dessen Folgen bedenken. Nicht jeder junge Mensch kann solche Diskrepanzen zwischen Anspruch und Wirklichkeit verkraften. Das Buch ist eine starke Mahnung an die Menschen im Westen, vorsichtiger zu werden mit dem Hinaustragen ihrer Werte, mit dem Aufoktroyieren ihres Gedankengutes, mit dem Aufzwingen ihrer Entwicklung. Es stellt eine Mahnung dar, die Wirkungen und den Einfluß zu bedenken, die die Übertragung der eigenen Vorstellungen auf Menschen eines anderen Erfahrungshintergrundes ausüben oder ausüben können – eine Mahnung, nicht unbefangen und verantwortungslos die europäische Lebensweise zu propagieren. Meine Untersuchung will Anregungen bieten, über diese Problematik anhand konkreter Details nachzudenken. Die Botschaft *Ken Bugul*s richtet sich aber auch an afrikanische Eltern, ihren Kindern die Nestwärme nicht wegen eines europäischen Bildungsideals zu entziehen, und an afrikanische Jugendliche, den Verlockungen des Westens unbedingt kritisch gegenüberzustehen.

Mariétou M'Baye konzipierte ihre Arbeit zunächst nicht als literarisches Werk, sondern als Therapie, um ihr frühkindliches Trauma zu überwinden. Es setzt sich über übliche Formen und Inhalte afrikanischer Literatur hinweg und zeigt damit auch für andere SchriftstellerInnen neue Wege auf. *Ken Bugul* stellt direkte Fragen nach dem Leben der schwarzen Frau, deren Identität durch Hautfarbe und Geschlecht festgelegt ist[30]. Es ist eine Geschichte der Selbst-Entkolonisierung[31], ein negativer Bildungsroman auf der Suche nach einem neuen, noch virtuellen Raum für eine multikulturelle Identität, die sie konstruiert[32].

Die Therapie ist übrigens mit Abschluß des Manuskripts gelungen; aber es wird interessieren, daß die Autorin es nach weiteren Jahren in Frankreich geschafft hat, wieder vollkommen in die heimische Kultur einzutauchen: Sie heiratet 1983 einen viel älteren, polygamen Marabu, den sie liebt und der, obwohl er nie zur Schule ging, ihr eine phantastische geistige Offenheit und Bereitschaft entgegenbringt, die sie in seinen Bann zieht[33].

30 CAZENAVE, Odile: Femmes Rebelles. Naissance d'un roman africaine au féminin nouveau, Paris 1996, S. 305.

31 RUSH, Norman: The Woman in the Broken Mirror, Review of *The Abandoned Baobab,* New York Times Book Review, Dec.15 1991, 1, S. 27–28, zitiert nach Julia WATSON: Exile in the Promised Land: Self-Decolonization and Bodily Re-Membering in Ken Bugul's *The Abandoned Baobab,* in: Gisela BRINKER-GABLER /Sidonie SMITH (Hg.): Writing New Identities. Gender, Nation and Immigration in Comtemporary Europe, Minneapolis–London 1997, S. 151.

32 MUDIMBE-BOYI, Elisabeth: The Poetics of Exile and Errancy: Ken Bugul's *Le Baobab Fou* and Simone Schwarz-Bart's *Ti Jean L'Horizon,* in: Françoises LIONNET/Ronnie SCHARFMANN (Hg.): *Post/Colonial Conditions: Exiles, Migration, and Nomadism,* Yale French Studies, No.83, 1993, S. 194–212, zitiert nach WATSON, in BRINKER-GABLER 1997, a.a.O., S. 151.

33 MAGNIER, Bernard: Ken Bugul ou l'écriture thérapeutique (Interview) in: Notre Librairie, Oktober–Dezember 1985, S. 155.

4. *AMMA DARKO*, SPINNWEBEN

Aus dem leicht gekürzten englischen Original-Manuskript ins Deutsche übertragen von Anita Djafari. Schmetterling-Verlag, Stuttgart 1996, 285 Seiten.

Die Drucklegung wurde durch den Ausschuß für Entwicklungsbezogene Bildung und Publizistik (ABP) unterstützt. Das englische Original wurde noch nicht veröffentlicht.

EINLEITUNG

Amma Darko wurde 1956 in Tamale in Nordghana geboren. Sie versuchte zwischen 1981 und 1987 vergeblich, in Deutschland Asyl zu erhalten und verdiente dabei ihr Geld im Gastgewerbe und durch Näharbeiten. Heute lebt sie wieder in Ghana. Sie hat zwei Kinder und arbeitet als Finanzinspektorin.[34] 1994 erschien ihr erster Roman *Der verkaufte Traum*, die Originalversion kam unter dem Titel *Beyond the Horizon* 1991 bei Heineman Oxford heraus. Er handelt von einer Ghanäerin, die ihrem Gatten mit vielen Erwartungen nach Deutschland folgt und dort von ihm zur Prostitution genötigt wird. Ihre Menschenwürde geht dabei vollkommen verloren, sie ist nicht imstande auszusteigen und kann nicht mehr zurückkehren.

1999 erschien der Band *Das Hausmädchen* mit zwei Erzählungen über das Schicksal afrikanischer Frauen in Ghana.

In den *Spinnweben* schildert *Darko* ausführlich die Jugend ihrer Heldin Sefa in Ghana, spart dabei nicht mit Selbstironie und zynischen Bemerkungen über ihre Landsleute, die Politik der Regierenden und beider Abhängigkeit vom mächtigen Ausland. Auch Sefa gelingt schließlich der Ausbruch nach Deutschland, sie kann sogar durchsetzen, als Asylbewerberin anerkannt zu werden. Als ihre Mutter im Sterben liegt, kehrt sie nach Hause zurück, zwar mit leeren Händen, aber, infolge der gewonnenen Erfahr-ungen, mit einem Gefühl der Freiheit, obwohl ihre Leute sie mit Mißachtung strafen. Sie zählt sich nicht zu jenen, die jede Hoffnung aufgegeben haben. Der Prolog zu dem Roman spricht von einer Tochter Afrikas, die sich aus dem Elend befreien will, dafür aber einen hohen Preis zu zahlen hat.

Der Roman ist stark autobiographisch geprägt. Sefa ist ebenfalls 1956, ein Jahr vor Ghanas Unabhängigkeit, im Norden geboren. Die Autorin hat ihre

34 Vgl. »Es gibt kein Zurück«. Literatursammmlung einer Tagung in Hofgeismar, 1.–3. November 1996; DARKO, Amma: Der verkaufte Traum, München 1994, S. 1; DIES.: Spinnweben, Stuttgart 1996, S. 285; DIES.: Das Hausmädchen, Stuttgart 1999.

Erfahrungen in dem Werk verarbeitet, doch ist ihre Lebensgeschichte mit der Sefas nicht vollkommen identisch.

Ich gliedere die entwicklungspolitischen Aussagen *Darkos* in jene, die sich auf ihr eigenes Land beziehen, d.h. auf die nationale Politik und die Stimmung, Aktionen und Reaktionen des ghanaischen Volkes, die immer stark vom ehemaligen Kolonisator und den westlichen Finanzmächten bestimmt sind und Auswirkungen sogar auf individuelles Leben, zumindest im Konsumbereich, haben; und in solche, die mit gesellschaftlichen Gepflogenheiten und Traditionen Ghanas zusammenhängen, denn gute Entwicklungspolitik muß auch über soziologisches Wissen verfügen.

Anschließend geht es um entsprechende Erkenntnisse, die Sefa auf Grund ihres Lebens in Deutschland gewinnt, um ihre persönlichen Erfahrungen mit der deutschen Gesellschaft, die sich ihrer am liebsten nur als Prostituierte bedienen möchte, und um Bemühungen von »Dritte-Welt«-Sympathi-santInnen, die die Prioritäten von AfrikanerInnen in Europa oft nicht durchschauen. Schließlich sind auch Sefas Motive für ihre Rückkehr und was sie davor und nachher mitmachen muß, entwicklungs-politisch relevant.

Während die Autorin Sefas ganze Jugend aufrollt, die Schul- und Studienzeit, das Internatsleben in Akwapim, später in der Hauptstadt Accra und an der Universität in Kumasi, und zahlreiche sexuelle, auch lesbische Abenteuer mit Lust und Liebe detailliert beschreibt, gibt sie zugleich den historisch-politischen Hintergrund. Er wäre sicher auch aus anderen Quellen zu entnehmen, meist aus europäischer Sicht, aber so wie *Amma Darko* mit beißender oder freundlicher Ironie das Verhalten der GhanäerInnen beschreibt – meist ist es von ihren unmittelbaren Bedürfnissen und Gefühlen gesteuert – klingt die Entwicklung einfach plausibel. Daneben macht *Darkos* unnachahmliche scheinbare Naivität die Schilderungen auch noch amüsant. Die Vermittlung der Erfahrungen in Deutschland ist von größerem Ernst geprägt. Es erhebt sich die Frage, für wen die Autorin mit ihrer ausgezeichneten Erzählkunst, ihren lebendigen Dialogen und ihrem spannenden Stil, der Ereignis an Ereignis kettet, eigentlich schreibt. Aber durch die Wahl der englischen Sprache beantwortet sich diese Frage von selbst: für ein europäisch gebildetes, daher ausgewähltes Publikum von AfrikanerInnen, die dort am ehesten als politische AkteurInnen in Frage kommen, und für eine interessierte *englischsprachige* LeserInnenschaft in Europa. Alle sollten sich darin als Beteiligte wiederfinden und die Chance haben, ein bißchen Selbsterkenntnis zu üben. Leider wurde das englische Original aber nicht gedruckt, so daß diese Zielgruppen bislang nicht erreicht werden. Vielmehr wird durch die Übersetzung die *deutsche* LeserInnenschaft angesprochen.

DIE POLITISCHEN AUSSAGEN ZU AFRIKA

Vorausschicken möchte ich, daß *Darko* sich in ihren Darstellungen der Politik sehr oft auf Gerüchte im Land bezieht. Wichtig ist daher, was »Ghanamann« denkt und wünscht (z.B. S. 28, S. 114, S. 134, S. 135 etc.)[35]. Die Formulierung *Ghanamann* kann ein falsches Bild erzeugen, denn sicher waren an der Stimmungsmache ebenso Frauen beteiligt. Auch das Wort »Stämme« (S. 44) ist eine koloniale Formulierung, die in der Afrikaforschung heute abgelehnt und durch *Völker* ersetzt wird, denn um solche handelt es sich meistens. Diese Erkenntnis wird offenbar von jenen, die es eigentlich betrifft, noch nicht akzeptiert.

Gleich zu Beginn lesen wir, daß Ghana in die Falle gegangen sei. Der »Weiße Mann« hat an der damaligen »Goldküste« Gold eingesammelt und dafür Salz gegeben, dann weiter im Landesinneren »unter unseren Hinterteilen« (S. 10) mit Maschinen danach gegraben und dort auch Bauxit und anderes abgebaut. Nach der Erreichung der Unabhängigkeit im Jahr 1957 ging der Abbau weiter, aber zu den Bedingungen der Weißen, denn von ihrem Geld war Ghana weiterhin abhängig. Die sogenannte Freiheit war ein Teil der Falle: Denn die Kolonisierung hatte »uns eine lange süße Kostprobe von ihrer Lebensart« gegeben und »uns den Geschmack an unserer eigenen erfolgreich« verdorben. »Wir konnten unseren Wunsch, so wie sie zu sein, nicht mehr unterdrücken« (S. 10f.). Daher wurden im Ausland die Dinge angeschafft, die die Ghanäer weiterhin begehrten: Für ein »zivilisiertes« Frühstück Brot und Butter, Tee, Milch und Zucker – das bisherige Gemüse- und Yamsfrühstück galt jetzt als primitiv – ferner Matratzen, modische Kleider, darunter für das Klima völlig ungeeignete Wollkleider und hohe Winterstiefel, holländischer Schnaps und »London Dry Gin« (S. 12).

Zu den kolonial verursachten »Geschmacksverirrungen und verqueren Vorlieben« (S. 27) gehörten auch die dicken Wollsocken, Ladenhüter aus England, die gekauft wurden, weil sie am längsten hielten. »Woher hätten wir das wissen sollen«, daß sie für den Winter bestimmt waren? Die wenigsten wußten ja überhaupt, was Winter ist (S. 28). »Zivilisiert« waren ferner Lehrerinnen und Schuldirektorinnen, die die Schülerinnen mit systematischen Peitschenhieben höchst sadistisch disziplinierten, und die Mädchen, die sich diese Behandlung gefallen ließen und sich gehorsam noch dafür bedankten; als »unzivilisiert« galten solche, die wie Sefa den Empfang der Schläge verweigerten. »Zivilisiert« ist auch Accra; wer aus dem Norden Ghanas kommt, kann nur »unzivilisert« und »primitiv« sein (S. 29–36) – diese Beurteilung hat

35 Die Klammerzahlen geben die Seitenzahlen der oben zitierten deutschsprachigen Ausgabe an;

Darko offenbar erfahren – während »der Rest der Welt Afrika als Ganzes als wild und primitiv erachtet« (S. 35).

Im Jahr 1966 tauchte das Gerücht auf, daß Kwameh Nkrumah, der erste Präsident des Landes, *die Russen* ins Land geholt hätte (S. 39). Niemand wußte, wer *diese Russen* eigentlich waren und woher sie kamen. Angeblich wohnten sie in Untergrundbungalows unter Accra und ihre Anwesenheit bedeutete jedenfalls etwas Schlechtes. Aber die Weißen hatten die Ghanäer gelehrt, daß sie »zivilisiert« werden mußten, daß sie einen weißen Mann namens Jesus verehren sollten. Dann nahmen sie das Gold und die Diamanten und verkündeten zugleich, »daß dieser Jesus absolut gegen das Stehlen sei« (S. 41). Darum hätte Nkrumah, der in den USA studiert hatte, sie hinausgeworfen und jetzt die Russen geholt. Solange es genug zu essen gab, auch noch Dosenmilch, Tee, Würfelzucker und die geliebten *Baked Beans*, Bohnen in Tomatensauce aus der Dose, waren die Russen für die Menschen in Ghana uninteressant.

Daraufhin änderten sich die Gerüchte und es hieß, »daß die Ghanäer genau so leben sollten wie die Russen« (S. 43), nämlich: In Rußland tragen alle Frauen die gleichen Kleider und alle Männer das gleiche Hemd und die gleiche Hose. Nur alle zwei Wochen bekommen sie eine frische Garnitur davon; eine Gruppe Russen wäscht für alle anderen, eine bügelt, eine kocht, eine spült das Geschirr usw. Niemand verdient etwas, alle sind einem *Mr. KGB* unterstellt, der entscheidet, wann sie miteinander schlafen dürfen und was sie jeden Tag zu essen bekommen. Das war das Schlimmste! Bei den Russen gibt es keine »Stämme«. Und in Ghana hat jedes Volk sein geliebtes althergebrachtes Hauptgericht aus dem Grundnahrungsmittel, das die anderen Völker wieder nicht essen wollen: die *Ewe* »Akpene«, die *Ga* und *Fanti* »Kenkey«, die Leute aus dem Norden »Tuozafi«, die *Ashanti* wieder etwas anderes (S. 43–45). Es war unvorstellbar, daß z.B. die *Ashanti*-Häuptlinge per Gesetz gezwungen werden sollten, »Tuozafi« zu essen. Da wollten die Ghanäer schon lieber kolonisiert als russisch leben! (S. 48)

Schließlich wurde noch betont, daß Nkrumah die GhanäerInnen gar nicht mag, er hatte ja eine ägyptische Frau. Am 24. Februar 1966, als Nkrumah auf dem Weg nach China war, besetzte die Armee den Präsidentenpalast und riß die Macht an sich. Dank der Vorbereitung durch die Gerüchteküche gab es fast überall Erleichterung (S. 46–48). Viel änderte sich nicht im Land, nur einige Statuen wurden zerstört. Mit Nkrumah, der nie mehr nach Ghana zurück-kehrte, sondern in Guinea blieb, waren auch die Russen verschwunden (S. 111). Es entstand das Gerede, daß nicht Afrifa und Kotoka den Putsch gegen Nkrumah angezettelt hatten, sondern ein *Mr. CIA* aus den USA.

Kotoka aber wurde bald ermordet und zwar von jungen Offizieren, die anschließend schnell hingerichtet wurden. Die Menschen in Ghana hielten Afrifa vom Mehrheitsvolk der *Ashanti* für den eigentlichen Auftraggeber dieses Mordes, weil er wohl nicht mit einem Angehörigen des ungeliebten *Ewe*-Volkes – in Ghana nur dreizehn Prozent der Bevölkerung und verdächtige Juju-Anhänger – gemeinsam regieren wollte. Denn nun war eine Interims-Militärregierung an der Macht. Um die GhanäerInnen zu beschwichtigen, wurde der internationale Flughafen von Accra »Kotoka Airport« genannt (S. 112–114).

Die Militärregierung besorgte weiterhin die beliebten süßen Importe, überließ aber klugerweise die Zahlung der nachfolgenden Zivilregierung. Der 1969 zum Premierminister gewählte Busia mußte die Suppe auslöffeln. Er wollte Ghana von England unabhängiger machen und versuchte, den Nationalstolz der GhanäerInnen herauszufordern. Seine Aufrufe, durch weniger Abhängigkeit echte Freiheit zu erlangen, auf die Ghana stolz sein könnte, endeten immer mit dem Appell, den Gürtel enger zu schnallen. Aber der ghanäische Nationalstolz war nicht zu wecken, es gab nur ethnischen Stolz: Jedes Volk war auf andere Aspekte seiner Kultur stolz: die *Ashanti* auf ihr Gold, die *Ewe* auf die Macht ihrer Juju-Männer usw. Auch gab es zu viele Analphabeten, die Busias intellektuelle Höhenflüge nicht verfolgen konnten: Er wollte z.B. einen Kredit aufnehmen, um die riesigen Schulden, die schon Nkrumah gemacht hatte, zu bezahlen (S. 134–136).

Nkrumah hatte gewußt, er würde sein eigens Grab schaufeln, wenn er nicht weiterhin Dosenmilch, Ölsardinen, Baked Beans und Ovomaltine-Getränke ins Land brächte. Daneben hatte er ehrgeizige Entwicklungspläne verfolgt: den Akosombo-Staudamm, die Häfen von Tema und Takoradi, Fabriken und Straßen. Er hatte 1957 die Engländer hinausgeworfen und lieh gleichzeitig von ihnen Geld. »Aber wenn man seinen Finger in den Mund eines anderen steckt, dann haut man diesem nicht auf den Kopf, egal, wie sehr man ihn verachtet... sonst ist der Finger schnell ab« (S. 138). Ghanas Führung lieh also Geld von den Engländern, um es genau bei ihnen wieder auszugeben und warf sie aus dem Land hinaus, bevor sie selbst die Technik beherrschte, das eigene Gold zu fördern und Kakao zu verarbeiten. Der Haß gegen die Engländer »für das, was sie uns angetan hatten, wie sie unsere Oberhäupter gedemütigt hatten, wie sie uns in unseren Hinterhöfen versklavt hatten« (S. 138) war groß, aber sie ließen Ghana an sehr langer Leine, denn sie wußten, daß schlußendlich »die Rechnung... zu ihren Bedingungen beglichen werden mußte« (S. 139).

Damit kam für Ghana die Inflation. Alles kostete plötzlich das Doppelte, die Menschen mußten mit der Hälfte auskommen und auch Sefa wurden pro Trimester nicht mehr 24 Milchdosen ins Internat mitgegeben, sondern nur noch zwölf. Und dann mußte sich Ghana um weitere Kredite auch noch an den *IWF*, den *Internationalen Währungsfonds*, wenden und den Gürtel noch enger schnallen. Weder von *Inflation* noch vom *IWF* hatten die Menschen in Ghana vorher je etwas gehört, auch ein *coup d'état* war etwas völlig Neues. Zu diesem Zeitpunkt ließ Busia, angeblich um Ghana international bekannt zu machen und den Tourismus zu fördern, auch noch das *Soul-to-Soul-Festival* in Accra abhalten. Die teuren Pop-Stars aus aller Welt kosteten Unsummen (S. 140). Als dann das Gerücht aufkam, daß Busia alles nur wegen seiner Tochter arrangiert habe, die ins Show-Geschäft einsteigen wollte, wurde es »dem Ghanamann« zuviel, vor allem den Soldaten, die seit Busias Zivilregierung an Einfluß verloren hatten und auf halben Sold gesetzt worden waren.

1972 kam es zu einem neuerlichen Putsch durch Leutnant I. K. Acheompong (S. 189). Die Leute hofften dadurch auf ein Ende des Gürtel-enger-Schnallens. I. K. setzte auf die eigene Landwirtschaft, »Ernähre dich selbst«, Frauen in »Hot Pants« waren in Illustrierten beim Gemüsezüchten zu sehen. I. K.. wollte die Schulden nicht mehr zahlen, »Yenntua« war das Schlagwort (S. 190). Aber bald fehlte es an Geld für die Industrie, Fabriken wurden geschlossen, es folgten Arbeitslosigkeit und Armut, die Dosen blieben aus, aber I. K. unterdrückte die Kritik. Wichtig wurde jetzt, Verbindung zur Militärspitze zu haben, und für Frauen, üppige Hüften zeigen zu können, auch auf der Universität, wo es jetzt gar nicht mehr um Bildung ging. Es war die Zeit des Ölbooms in Nigeria und viele, vor allem die Gebildeten, strömten dorthin. Manche nigerianische Firmen bevorzugten verheiratete Frauen, weshalb Studentinnen regelrechten Männerfang betrieben, um auswandern zu können (S. 191).

Ghana geriet in eine tiefe Krise, politisch, sozial und vor allem wirtschaftlich. I. K. trug nur mehr kugelsichere Westen, und tatsächlich brach eine heimliche Palastrevolte aus (S. 199f.). Leutnant Jerry John Rawlings, der wegen dieser ins Gefängnis kam und dort auf seine Hinrichtung wartete, wurde von seinen Anhängern »in Guerillamanier« (S. 215) befreit und führte am 4.Juni 1979 Ghanas dritten Staatsstreich an. J. J., ausgelegt als *Junior Jesus*, ließ Köpfe rollen – der von I. K. war einer der ersten – und räumte mit Devisenschmuggel und »Kalabule«, rücksichtslosen korrupten Geschäftspraktiken, auf. Alles ausländische Geld mußte offiziell in der Bank von Ghana um ein Fünftel des Schwarzmarktpreises gewechselt werden. Sogar von den berühmten dicken ghanäischen Marktfrauen wurden viele wegen

Steuerhinterziehungen aus Kalabule-Geschäften nackt ausgepeitscht. Sie seufzten erleichtert auf, als nach der Wahl im September 1979 Rawlings die Macht an Präsident Dr. Hilla Liman übergab[36].

Nach Jahren hören wir wieder von Jerry Rawlings, der inzwischen das Land in Richtung Marktwirtschaft steuert und nicht mehr gegen den *IWF* und den Westen schimpft. Es gibt viel zu kaufen, aber von anständiger Arbeit allein kann niemand leben, Kalabule gedeiht wieder (S. 265f.).

Zwischen dieser interessanten Darstellung der politischen Zeitgeschichte Ghanas in Abhängigkeit von Weltpolitik und Weltwirtschaft schlängelt sich Sefas persönliche Entwicklung hindurch. Die Aufschlüsse, die ihre Geschichte über gesellschaftliche Gebräuche, Normen und Strukturen, über Aberglauben und Vorurteile in Ghana erlaubt, möchte ich als nächstes zusammenfassen.

SOZIOLOGISCHE ANMERKUNGEN ZUM LEBEN IN GHANA

Denn der Roman bringt zahlreiche soziologische und ethnologische Beobachtungen der Autorin zum Ausdruck. Das starre Festhalten jedes ghanäischen Volkes an seinem gewohnten Essen und die Abscheu vor anderen Zubereitungen des gleichen Maises, des gleichen Manioks oder der gleichen Kochbananen gehört ebenso dazu wie die Vorurteile der einzelnen Völker gegeneinander, die *Darko* belächelt, obwohl sie auch tödlich sein können wie für Kotoka. Ferner gehört dazu die unbezähmbare Sucht nach importierten Dosen, die eigentlich der ersten Feststellung widerspricht.

Zum Aberglauben möchte ich folgende Beispiele erwähnen: Die Großmutter sagt, daß die Dinge oder Menschen in der Nähe eines Neugeborenen für bestimmte Lebensphasen des betreffenden Kindes ausschlaggebend sind, z.B. auch die Anzahl der Spinnweben in der Hütte, in der das Baby zur Welt kommt. Diesem Umstand verdankt der Roman seinen Titel und alle Geschehnisse müßten in den Spinnweben bei Sefas Geburt schon angelegt sein (S. 9).

Aberglauben gibt es auch bezüglich Schlangen: Wer in der Früh eine Schlange erblickt, vor allem eine schwarze, ist für den ganzen Tag gewarnt. Er oder sie muß sich besonders in acht nehmen und braucht nicht in die Schule zu gehen. In dringenden Fällen schrie Sefa laut im Garten und behauptete, eine Schlange gesichtet zu haben, was ihr aber nicht immer das Schuleschwänzen ermöglichte (S. 15). Der Mutter eines mongoliden Jungens wird

---

36 Am 31. Dezember 1981 kam Rawlings allerdings durch einen weiteren Putsch erneut an die Macht, die er noch immer, inzwischen durch eine Demokratie afrikanischer Prägung 1992 legitimiert, zumindest bis zum Jahr 2000 innehat.

zur Last gelegt, entgegen der Anweisung des Medizinmannes während der Schwangerschaft eine Schlange angeschaut zu haben (S. 22).
Damit kommen wir zu den Arten von Aberglauben, die Frauen Schuld zuschieben und auch Schaden zufügen. Solche Beispiele gibt es in patriarchalen Gesellschaften selbstverständlich vielfach. Traditionen dieser Art werden aber auch von Frauen gepflegt und weitergegeben.

Großmutter schreibt Tante Menas Unfruchtbarkeit einem Juju-Ritual der Ex-Frau von Menas Gatten zu – obwohl Mena es selbst besser weiß (S. 13). Wenn ein ghanäisches Mädchen in modischen europäischen Winterkleidern in der Hitze eines ghanäischen Marktplatzes zusammenbricht, wird eine ungeliebte Großmutter oder Urgroßmutter bezichtigt, diese Ohnmacht verursacht zu haben. Sie wird zur Hexe erklärt und der Medizinmann behauptet, ihre vom Tabakkauen braunen Zähne stammen von dem Blut, das sie der jungen Frau ausgesaugt habe. Zu Hexen werden immer arme alte Frauen erklärt, die sich nicht wehren können, niemals junge Frauen, Männer oder gar reiche Leute. Sie müssen eine Teufelsaustreibung über sich ergehen lassen und dem Medizinmann dafür einige Hühner und Schafe, die er im Namen der Götter selbst verspeist, und als Trankopfer einige Flaschen Schnaps liefern (S. 11f.).

Sefas Mutter macht gegen Ende der Geschichte eine ähnliche, noch schrecklichere Erfahrung: Als in ihrem Gehöft ein braunes Huhn verschwindet, wird sie zur Schuldigen erklärt, eine Nacht lang mit Peitschen geschlagen, mit geschorenem Kopf in ein winziges mit Kot verschmutztes Verlies gestoßen, bis sie nachgibt und »gesteht«, um die Qual zu beenden. Der Medizinmann beschuldigt sie, die neun Kinder geboren hat, die Unfruchtbarkeit aller ihrer Schwestern verursacht zu haben. Sie wird weiterhin in einem Raum ohne Tageslicht festgehalten (S. 269f.) und stirbt bald darauf – seltsamerweise zur gleichen Zeit wie der Vater, von dem sie sich vor Jahrzehnten getrennt hatte. Dieses Zeichen der Götter führt wieder die, die sie verurteilt und mißhandelt hatten, einschließlich den Juju-Mann dazu, sie noch nach ihrem Tode um Vergebung zu bitten (S. 278). Der Tod ist ein Mysterium, sagt *Darko* an anderer Stelle, in dem körperlich Schwache, die im Leben verabscheut und mißachtet wurden, Stärke annehmen. Sie werden dann verehrt, denn die Lebenden fürchten ihre Rache (S. 262). Deshalb ist es wichtig, sich mit ihnen zu versöhnen – zumindest beim Begräbnis.

Auch andere Eigenheiten des ghanäischen Lebens, die in *Darkos* Roman vorkommen und die zu kennen wichtig ist *auf dem Weg zu sich selbst*, hängen mit dem Familien- und dem Geschlechtsleben zusammen. So hat Sefas Mutter viele Kinder geboren, »in Erfüllung einer familiären Pflicht« (S. 9 und

S. 88f.), wie sie sagt. Sie war aber nicht imstande, sie zu versorgen, und gab sieben an ihre kinderlosen Schwestern weiter. Auf diese Weise kam Sefa mit ihrer Schwester Mansa zu Tante Mena und Onkel Quaye, zu denen sie ein gutes Verhältnis hatte. Aber Zeit ihres Lebens konnte sie den Sinn einer solchen Familienpflicht nicht verstehen, versuchte auch Kontakt zu ihrer Mutter aufzunehmen und litt unter der Vorstellung, was passiert wäre, wenn sie nicht so gute Pflegeeltern gefunden hätte. Dies besonders, als eine arrogante Mitschülerin ihr, um sie zu verletzen, an den Kopf wirft, daß sie von den Eltern verlassen wurde und froh sein könne, nicht vor dem Warenhaus betteln gehen zu müssen (S. 118).

Daß junge Mädchen in erster Linie auf die Ehe vorzubereiten sind und möglichst bald Kinder bekommen sollen, wird auch bei solchen, die eine moderne Schule besuchen, hochgehalten. Sefa erzählt von einer Mitschülerin, die sofort nach Eintritt der Menstruation – sie ist angeblich erst zehn Jahre alt! – aus der Schule genommen und verheiratet wird (S. 22). Schwielen an den Händen, die Sefa vom Wassertragen an der Akwapim-Untermittelschule bekommt, werden ihr erleichtern, einen Ehemann zu finden (S. 64). Sefa wird dort von Mitschülerinnen auch in Selbst-befriedigung und lesbischen Begegnungen unterwiesen; jede Schülerin sucht sich eine Gefährtin, eine sogenannte »Supi« (S. 67). Dabei lernt sie zum ersten Mal ein beschnittenes Mädchen (S. 80–84) kennen. Weibliche Beschneidung wird in Ghana nur im Norden bei muslimischen Völkern betrieben und das »Mädchen, das keine Vagina hat«, ist für Sefa eine Sensation (S. 84). Sie wird später auf der Universität eine Diplomarbeit über dieses Thema schreiben und zu ihrer Mutter in den Norden fahren, um darüber zu recherchieren. Die Mutter arrangiert für sie dort die Beschneidung der neunjährigen Salima, die als Hausmädchen bei ihr arbeitet (S. 205f.). Sefa kommt nie von den Schuldgefühlen los, daß das Kind diese schreckliche Erfahrung wegen ihr ohne Altersgenossinnen und früher als notwendig durchmachen mußte (S. 260). Sie betitelt ihre Diplomarbeit »Klitorisbeschneidung – Folter unter dem Deckmantel der Tradition« (S. 208).

Sefas eigene erste Menstruation wird mit einem Ritual gefeiert (S. 99–104). Da die Blutung mitten in der Nacht losgeht, wird sofort die ganze Familie aufgeweckt. Tante Mena, sonst nicht abergläubisch, will trotz der Proteste ihres Mannes keiner ihrer Pflegetöchter – sie hat vier – dieses Fruchtbar-keits- und Mutterschaftsritual vorenthalten. Sie bereitet das *Otor*, eine Speise aus gestampften Yams, deren »flaumige Weichheit« der Weiblichkeit entspricht (S. 103), und aus rotem Palmöl, die mit hartgekochten

Eiern aus irdenen Schalen nicht bei Tisch, sondern auf niedrigen Hockern ohne Besteck gegessen wird.

Von Sefas Schulzeit sind noch einige andere relevante Details zu berichten: Die genannte beleidigende Mitschülerin ist übrigens so stolz, weil sie als Mulattin heller ist als die anderen Mädchen. Sefa leidet unter dem übermäßigen Respekt, der ihr aus diesem Grund auch von jungen Burschen gezollt wird und schreibt ein Gedicht zu »Black is Beautiful« (S. 155). Aber auch die Erwachsenen schätzen Schulen mit weißen DirektorInnen oder einer Anzahl von weißen LehrerInnen höher ein als solche mit schwarzem Lehrpersonal (S. 85). Ebenso gelten christliche Vornamen, die sich jemand zulegt, z.B. »Mercy Graciousness« (S. 57), mehr als ghanäische. Sogar die Pflegeeltern verlangen, die Kinder sollen »anständige« britische Geschichten lesen, nicht über Sex sprechen und Messer und Gabel verwenden (S. 21/22). Die Kinder wünschen sich dann auch, »hellhäutig, blond und langhaarig wie Aschenputtel« zu sein (S. 18).

Bestimmte Dinge europäischer Herkunft besitzen auch bei Schulkindern hohen ideologischen Wert: Unterhosen Marke St. Michaels, Tangas, Zahnpaste mit roten und grünen Streifen (S. 72–75). Sefa wählt, um sich Minderwertigkeitskomplexe wie zuvor in Akwapim zu ersparen, eine höhere Schule, in der nicht so viele Töchter aus reichen Häusern, aus Stadtvierteln mit geteerten Straßen, gepflegtem Rasen und abgedeckten Drainagen (S. 86) stammen. Sie sucht eine Anstalt, die auch arme Kinder besuchen, die an »den Anblick von staubigen roten Straßen, stinkenden Müllhaufen und veralgten Abflüssen gewöhnt waren« (S. 87). Das ist gleichzeitig eine Schule, wo viele Mädchen, die keine reichen Väter haben, Beziehungen zu wohlhabenden älteren Männern, sogenannten *sugar daddies*, pflegen und ihre Tangas und vieles andere aus diesen Quellen beziehen. Auch Sefa nimmt schließlich unzählige Beziehungen auf. Nur eine einzige wird wirklich wichtig für sie: die Beziehung zu Ben, den sie leidenschaftlich liebt und der sie auch lange Zeit hindurch erhält. Er ist nur einige Jahre älter als sie, hat aber eine Frau in England. Mit seiner finanziellen Hilfe kann sie nach ihrem Soziologiestudium und einem Jahr *National Service*, dem verpflichtenden Arbeitsjahr, 1980 nach Deutschland gelangen. Das Visum erhält sie über ihre deutsche Brieffreundin Nadia, die Devisen muß sie selbst aus Nigerien, als Schwangere verkleidet, in ihrem Bauch nach Ghana schmuggeln, da Devisenschmuggel in Ghana zu dieser Zeit unmöglich ist (S. 218–S. 220).

DIE ERFAHRUNGEN IN DEUTSCHLAND

Was erwarten AfrikanerInnen vom europäischen Ausland? Wie verhalten sich die Deutschen gegenüber ZuwandererInnen aus Afrika, insbesondere gegenüber Frauen? Es sind unterschiedliche Vorstellungen, die die Menschen beherrschen. Sefas Vision von Deutschland ist es, dort in Kürze viel Geld zu verdienen, mit welchem sie eine kleine Fabrik in Ghana erwerben kann (S. 221), vor allem aber auch die, einen netten jungen Deutschen als Ehemann zu gewinnen. Trotz ihrer Überzeugung von *Black is Beautiful* träumt sie von »zwei süßen Mulattenkindern« (S. 212 und S. 229).

Als die Pflegeeltern von dem Vorhaben hören, sind sie zunächst perplex, denn sie hatten Sefas baldige Heirat und Familiengründung in Ghana vorausgesetzt. Sie stellen sich aber schnell um und erwähnen eine Tiefkühltruhe und neue Möbel, die für sie wichtig wären. Sie hätten schließlich Sefas Ausbildung finanziert. Sefa soll auch Geld für ein Grundstück schicken, auf dem sie für sie ein Haus bauen wollen (S. 222). Sefas Mutter wünscht sich für ihr verfallendes Augenlicht, daß sie Medikamente schickt und sie zu einer Operation nach Deutschland holt (S. 224).

Als Sefa in Deutschland ankommt, ist alles anders. Sie ist ganz benommen von der Sauberkeit der Städte (S. 228), erstaunt über einen weißen Hotelboy, der ihr Gepäck trägt (S. 226) und sie friert, denn sie kann die Heizung nicht betätigen (S. 227). Sie wohnt zunächst bei Nadia und versinkt im deutschen Lebensstil: Sie ißt Äpfel, die in Ghana als Luxus gelten, und als höchstes der Gefühle Erdbeersahnetorten, sie trinkt Kaffee mit Milch und Zucker (S. 229f.). Aber bald muß sie sich selbständig nach einer Arbeit umsehen, und damit prallt sie unweigerlich mit der deutschen gesellschaftlichen Wirklichkeit zusammen, zumindest mit der männlichen: Qualifizierte Arbeiten werden nicht an Schwarze vergeben, auch im Gastgewerbe werden Weiße bevorzugt. Nadia gibt eine Annonce für sie auf: »Afrikanerin, Akadem., sucht Arbeit« (S. 232). Es melden sich nur männliche Anrufer, die ausnahmslos alle ein ärztliches Attest verlangen, daß sie keine Geschlechts-krankheit hat. »Hier ist die Afrikanische-Frau-Phantasie am Werk«, erklärt ihr Nadia (S. 233). »Für die meisten deutschen Männer war Schwarzsein gleichbedeutend mit Potenz und Sexualität« (S. 255), heißt es an anderer Stelle, und ihre »einzige Aufmerksamkeit« gegenüber Sefa sei ihr »Interesse an schnellem Sex gegen Geld« (S. 263).

Da Sefa keine Arbeitserlaubnis hat, verlegt sie sich auf Putzjobs. Nadia bringt sie mit zwei Ghanäerinnen, Aggie und Eve, zusammen. Sie verhalten sich mißtrauisch und skeptisch gegenüber Sefas hochfliegenden Plänen, weil sie die Wirklichkeit im Land schon lange mitgemacht haben. Sie empfehlen ihr, in welchen Geschäften sie billig einkaufen kann und ferner, sich nicht ans Torten-Essen zu gewöhnen, sie könnte sonst kaum Geld sparen. »Versuche nicht, wie sie zu leben« (S. 234). Um länger hierbleiben und Geld verdienen zu können, gäbe es nur die Möglichkeit, eine Scheinehe mit einem Deutschen einzugehen und damit eine Arbeitserlaubnis zu erhalten, oder einen Asylantrag zu stellen. Scheinehen seien aber teuer, sie kosten einige tausend Mark, und das Geld dafür, so machen ihr die beiden deutlich, sei praktisch nur durch Prostitution zu erwerben. Putzjobs halten sie für Zeitverschwen-dung. Sefa, die immer noch an eine anständige Ehe mit einem Deutschen glaubt, lehnt aus diesem Grund sowohl eine Scheinehe als auch Arbeit als Prostituierte ab – dennoch verurteilt sie die Frauen nicht, die keine andere Möglichkeit sehen (S. 236–238).

Eine andere Variante wäre, sich eine Arbeitserlaubnis auszuborgen – gegen Bezahlung, aber da müßte sie der eigentlichen Inhaberin sehr ähnlich sehen. Ein Scheinehe kann auch schiefgehen, wie im Falle einer Frau, deren »Ehemann« ins Gefängnis kam und sie von dort aus erpreßte und drohte, er würde alles auffliegen lassen. Sie mußte sich ebenfalls prostituieren, um seine Forderungen zu erfüllen (S. 253). Sefa entscheidet sich für einen Asylantrag. Aggie und Eve schlagen ihr daraufhin vor, in den Norden Deutschlands zu gehen, dort sei es für Asylanten leichter als etwa in Bayern. Sie geben ihr die Adresse eines Ghanäers namens Sly in Hannover, der gute Kontakte zum Ausländeramt hat und ihr helfen würde. Sie raten ihr noch, Nadia nicht alles zu sagen. »Erzähl ihr irgendwas, aber nicht zu viel« (S. 239). Ein Einladung zu Nadia hatten sie zuvor abgelehnt, »die Deutschen stellten zu viele Fragen« (S. 237). Aggie verrät ihr noch, was sie von deutschen Männern denkt: Sie halten sich immer für besser, auch ein Freund läßt sich immer bloß herab (S. 239).

Tatsächlich erhält Sefa mithilfe von Sly und einem mit ihm arbeitenden Rechtsanwalt den Status einer Asylwerberin mit Ausweis. Sly hatte mit ihr eine Geschichte Wort für Wort eingeübt, mit der sie allen Fragen eines zweistündigen Interviews im Ausländeramt gut beikommen konnte. Als er sich allerdings anschließend als Zuhälter entpuppt und sie seine Anweisungen nicht befolgt, wird er wütend und verleumdet sie beim Ausländeramt.

Sefas Erfahrungen mit Frauen in Deutschland sind zum Glück bessere. Nadia – sie ist linksalternativ, hat einen schwarzen Freund, arbeitet mit geistig Behinderten – hilft ihr in jeder Weise (S. 230), ist zurückhaltend, obwohl sie ahnt, welcher Beschäftigung Aggie und Eve nachgehen. Sie rät Sefa aber eindringlich, sich nicht auf dieses Gewerbe einzulassen (S. 240).

Renate, eine Freundin aus einer evangelischen Gemeinde in Hannover, arbeitet in einer Hilfsorganisation für Afrika, Asien und Lateinamerika (S. 251). Sie glaubt zwar an Horoskope und die Bedeutung der Konstellation der Sterne bei der Geburt für das ganze weitere Leben; sie hält es für leichtfertig – und fast für einen Grund der Unterentwicklung – daß Sefa und die Menschen ihrer Umgebung sich nicht um ihre genauen Geburtsstunden kümmerten (S. 7 und S. 253f.). Renate bemüht sich aber zu zeigen, daß sie anders ist als andere Deutsche, daß sie jedenfalls keine Vorurteile hat (S. 14). Mit ihr kann Sefa offen sprechen, sie versteht, daß mit Sefas Asylantrag weiter keine betrügerische Absicht verbunden war. Trotzdem fällt es ihr schwer, sich vorzustellen, daß sie eine Suppe essen müßte, in der zuvor eine Eidechse oder Fliegen geschwommen sind, was für Sefa als Kind alltäglich war (S. 16). Sie kann auch die Bedeutung, die der ersten Menstruation beigemessen wird, nicht nachvollziehen und glaubt, als Sefa davon spricht, daß sie zur Frau wurde, sie meine ihren ersten Geschlechtsverkehr (S. 98). Und ein besonderes Ärgernis ist ihr das Desinteresse der AfrikanerInnen an der afrikanischen Filmwoche, die die Kirchengemeinde veranstaltet. Ihr Ziel wäre, die beiden Kulturen einander näher zu bringen. Aber Sefa stellt klar, daß viele der AfrikanerInnen in Deutschland andere Prioritäten haben, nämlich möglichst schnell viel Geld zu verdienen. »Kaum einer von uns ist hergekommen, um für das Verständnis bei den Deutschen zu werben« (S. 250).

Die verwitwete alte Dame, in deren Haus Sefa vom Sozialamt das Dachgeschoß zugewiesen bekommt, verteidigt Sefa eindrucksvoll und erfolgreich bei den deutschen Behörden, als Sly angibt, sie arbeite illegal in einem Sexclub, und ihr die Sozialhilfe gestrichen werden soll (S. 248). Deutsche Frauen kommen also bei *Darko* besser weg, sie zeigen mehr menschliche Sympathie und mehr Verständnis für die tatsächliche Situation, in der sich eine schwarze Frau in ihrem Land befindet und die sich die Deutschen normalerweise wohl kaum vor Augen führen.

DIE RÜCKKEHR

Sefa hat nie die Wahrheit über ihre Erfolglosigkeit in Deutschland nach Hause geschrieben. Die Mutter wartet noch immer auf ihre Hilfe für ihr Augenleiden, statt sich in Ghana operieren zu lassen. Dadurch sinken die Chancen auf eine Heilung ständig. Sefa bringt es nicht fertig, ihre wirkliche Situation mitzuteilen und hört einfach auf, die Briefe ihrer Schwester zu beantworten. Sie fühlt sich dabei sehr schlecht (S. 249). Als sie die Nachricht erhält, daß die Mutter im Sterben liegt, fällt sie den schweren Entschluß heimzukehren. Da sie als Versagerin kommt – sie hat nichts geschickt und bringt auch nichts mit, ihre Putzjobs haben nicht viel eingebracht – holt sie niemand vom Flughafen ab (S. 264), sie wird mehr oder weniger ignoriert und mit Verachtung bestraft. Bei Mutters Beerdigung gibt es für sie Spott und abfällige Bemerkungen, manche kennen sie nicht mehr (S. 280). In einem Brief an Renate, der sie für ihre Freundschaft dankt, schreibt sie:

»Mein Versagen in Deutschland hat mich mein Ansehen gekostet. Aber trotzdem spüre ich eine tiefe innere Befriedigung darüber, daß ich mich befreit habe von diesem Druck, von den Erwartungen der anderen. Befreit von der Verstrickung durch Vortäuschung falscher Tatsachen und Selbstentwürdigung« (S. 280).

Sie vergleicht die vielen AfrikanerInnen, die zuhause im Hunger verharren, mit jenen, die im Ausland ihre Körper verkaufen, um den Erwartungen von zuhause gerecht zu werden. Beide haben aufgegeben, die einen hungern nach Nahrung, die anderen nach Selbstachtung (S. 281). Sefa hat nicht aufgegeben.

ANALYSE DER WICHTIGSTEN ENTWICKLUNGSPOLITISCHEN AUSSAGEN in »Spinnweben«

Die entwicklungspolitisch relevantesten Erkenntnisse dieses Buches sind wohl diejenigen über die Situation von schwarzen Frauen in Deutschland, die Geld verdienen wollen. Wer von den EuropäerInnen weiß wirklich, in welchem Dilemma sie stecken, da ihnen anständige Arbeit fast nicht zugänglich ist? Wer kann nachvollziehen, wie es ist, zwischen Scheinehe, Prostitution, erschwindeltem Asyl und erkaufter Arbeitsgenehmigung, d.h. zwischen Illegalität, Unmoral und Selbstentwürdigung einen Weg zu finden? Auch afrikanische Studierende in Europa stehen unter dem Druck, zuhause finanziell zu helfen – aus Prestigegründen, aber auch um echte Not abzuwenden oder Bildung der Geschwister zu ermöglichen. Sie können nicht den Reichtum im Westen vor Augen haben und ungerührt an die Armut zuhause denken. Hier wird ein gewisser ausschnittweiser und berechtigter Ausgleich der Lebensstandards im kleinen versucht, wie er individuellen Hilfs- und Spendenaktionen innewohnt, den aber die internationale Wirtschaftsordnung der Mächtigen nicht zu leisten imstande ist.

Die enttäuschende Erfahrung entwicklungspolitisch engagierter Euro-päerInnen, daß AfrikanerInnen oft nicht dieselben Ziele haben, sich etwa für gegenseitige Information und Verständnis einzusetzen und für politische, ökonomische und soziale Veränderung zu arbeiten, wird aus all diesen Gründen erklärlich. Sie können aus Existenzgründen für sich und ihre Leute, nicht unbedingt aus Ichsucht , andere vordringlichere Prioritäten haben. Kulturelle Verständigung können sie sich nicht leisten, obwohl für jede(n) eine Person, die zuhört und versteht, viel bedeutet. Das Motto »Erzähle den Deutschen nicht alles« entspricht genau der Haltung von EuropäerInnen, die ihre finanzielle Situation afrikanischen FreundInnen auch nicht rückhaltlos offenlegen würden, aus dem Gefühl heraus, daß diese ihre Verpflichtungen nicht kennen und für ihre Ansprüche auf Annehmlichkeiten, etwa zum Ausgleich von Hektik und Streß, vielleicht auch kein Verständnis hätten.

Renates Einsicht, daß sie in derselben Lage wahrscheinlich ähnlich wie Sefa gehandelt hätte (S. 251), um in Deutschland arbeiten und verdienen zu können und daß ihr kein moralisches Urteil über Sefas Entscheidung zusteht, sind wichtige Erkenntnisse. Nun hat Sefa zwar zuhause keine echte Not gelitten – sie erwähnt an einer Stelle Renates Enttäuschung darüber, daß sie nicht dem Lehmhüttenklischee entspricht und nicht aus dem Busch kommt, der von wilden Tieren bevölkert ist (S. 14) –, aber sie war lange Zeit auf die finanzielle Hilfe ihres Freundes angewiesen. Diese Situation, die auch für viele Mädchen an der Höheren Schule in Accra herrschte, wird von Sefa nicht mit der Prostitution in Europa gleichgesetzt. Aber die Selbstverständlichkeit, mit der sich ghanäische Mädchen aus Armut in sexuelle Abhängigkeit begeben, ist mit der Würde von Frauen eigentlich nicht vereinbar, auch wenn es häufig geschieht und fast zum gewohnten Alltag gehört. Wer sich daraus befreien will, ist im Recht.

Die vielfach noch rein wirtschaftliche Einschätzung der weiblichen Sexualität in Afrika, nämlich die bestmögliche Nutzung der Gebärfähigkeit der Frau, die damit neue Arbeitskräfte hervorbringt, wird in der frühen Verheiratung von Mädchen offenbar. Sie erklärt die Bedeutung, die die patriarchal geprägte Gesellschaft der ersten Menstruation, d.h. der weiblichen Geschlechtsreife, beimißt. Sie entspringt einer Zeit des afrikanischen Patriarchats, in der der Reichtum (von Männern) vor allem über Besitz von Frauen und Vieh definiert war. Auch die hohe Kindersterblichkeit ist dabei zu berücksichtigen. Europäerinnen kommen aus einem ganz anderen Lebenshintergrund und behandeln dieses Ereignis eher verschämt. Zugleich können afrikanische Frauen im Alter, wenn ihre reproduktive Aufgabe erfüllt ist, Angriffen und Gewalttaten ausgesetzt sein, indem sie wie im europäischen Mittelalter als Hexen verdammt, bestraft und beraubt werden, ein geduldetes sozialpolitisches Phänomen wie damals in Europa.

Interessant ist, daß gerade die verständnisvolle Renate an Horoskope glaubt; ein Hinweis, daß auch Europa nicht frei von Aberglauben ist, der gerne in Afrika angeprangert wird. In unserem Teil der Welt werden eher Knochen und Kaurimuscheln befragt als die Sterne, sagt Sefa zu Renate (S. 253f.). Der Aberglaube in Afrika wird sehr wohl als unbarmherziges Geschäft von Medizinmännern, die davon leben, entlarvt oder aber als harmloses Ritual von Leuten geschildert, die es ohnehin besser wissen, aber es nach dem Motto »Nützt es nichts, so schadet es nichts« anwenden, wie etwa das *Otor* bei der ersten Menstruation oder die Schlangenfurcht, die zum Schuleschwänzen verhilft.

Die Kritik an Zuständen und Entwicklungen in Ghana kleidet *Darko* sehr gekonnt in schmunzelndes Bespötteln der vordergründigen Begehrlichkeiten der Leute. Doch wird sehr deutlich, wie diese auch von Gerüchten beeinflußt sind und welche politische Richtung hinter welchen Gerüchten steht, auf die »Ghanamann« hereinfällt. Die Kritik an ihren Landsleuten weist letzten Endes auf die eingreifenden Großmächte, meist den Westen, hin. Alle erhalten sie ihre Lehre, wenn auch fast auf liebenswürdige Weise.

Ob dieses Buch als Lektüre für jüngere SchülerInnen geeignet ist, müssen LehrerInnen selbst entscheiden. Sefas genau beschriebenes Sexualverhalten mit wechselnden Partnern zuhause, eine, als sie bereits schwanger ist, durch Verkehr mit einem unsympathischen Alten erschwindelte Abtreibung ist nach Maßstäben keiner Kultur besonders vorbildlich. Ihrer Haltung in Europa, ihre Würde gerade als schwarze Frau zu bewahren, obwohl sie dadurch alle eigenen und fremden Erwartungen enttäuschen muß, gilt jedoch jeder Respekt.

5. VERGLEICHENDE ANALYSE UND FAZIT

Wo finden sich Gemeinsamkeiten in den Aussagen und Ausdrucksformen der drei Autorinnen?

Jede Geschichte schildert das Schicksal einer Frau, das so sehr von ihrer Hautfarbe und ihrem Geschlecht geprägt ist, daß es keinem Mann und keiner Weißen ähnlich widerfahren könnte.

Jedes Werk hat eine rituelle Einleitung, die aus der traditionellen Oratur stammt: einen Prolog, eine Widmung an die Ahnen oder zumindest eine Vorgeschichte, die auf die Ahnen Bezug nimmt und der Story dadurch einen Rahmen verleiht. Dazu kommt bei *Aïdoo* und der lebhaften *Darko* die Anrede des Publikums.

Gemeinsamkeiten finden sich nicht nur in der Beobachtung von Äußerlichkeiten wie das alle stark beeindruckende Erlebnis der ersten Flugreise, die Sauberkeit und Kälte des Nordens, die ungewohnte Bedienung durch Weiße, das üppige Essen von Torten, Süßigkeiten und Obst, das komische Rotwerden der Weißen.

Sondern es geht auch um zwischenmenschliche Momente: Allen drei Frauen wird in einem bestimmten Zeitpunkt in Europa klar, daß sie schwarz und damit ausgegrenzt sind. Zugleich bemerken sie die Einsamkeit der Weißen und ihre Schuldgefühle, die etwas gutmachen wollen – *Aïdoo* schildert sie als unbeholfen und undifferenziert, fast anbiedernd, bei *Bugul* sind sie gepaart mit hochgespielten, vielleicht nur modischen Interessen am schwarzen Erdteil, bei *Darko* wandeln sie sich zu sympathisierender Anteilnahme, die vorgibt, durch nichts schockiert zu werden, die Verständnis geben und auch schaffen will, für die aber das Desinteresse der AfrikanerInnen unerklärlich ist. Diese Veränderungen können ein Abbild der europäischen Entwicklung sein.

Es sind in den Romanen eher Frauen, die Verständnis aufbringen, während Männer in den schwarzen Frauen in erster Linie Sexobjekte erblicken; auch als Beschäftigung wird ihnen vor allem Prostitution zugemutet. Während eine europäische Schuldirektorin in Afrika lesbische Wünsche als primitiv, »aus dem Busch« abqualifiziert (*Aïdoo*, S. 66), sind AfrikanerInnen in Europa auch für homosexuelle Neigungen gut: Sissie erfährt sie in Deutschland, Ken erzählt von einem afrikanischen Kollegen in Belgien, dem ein katholischer Pater einen eindeutigen Antrag macht. Ken erlebt sie auch bei ihrem Freund Jean. Auf diese Weise wird vermittelt, daß solche Begehrlichkeiten in allen Völkern und Kulturen vorkommen; aber die Hemmschwelle von Weißen ist gegenüber Schwarzen reduziert, im homo- wie im heterosexuellen Bereich, wohl in Zusammenhang mit der Einsamkeit der Weißen und ihrem Überlegenheitsgefühl. *Darko* erzählt von einem Syrer, der in Ghana von einer Prostituierten Sodomie mit einem Hund fordert (*Darko*, S. 107–110).

Bedeutungsvoll ist das Bekenntnis aller drei Autorinnen, daß die Kolonisation das Selbstvertrauen, die Identität, den Lebenswillen und die eigene Kraft der AfrikanerInnen zerstört hat. So spricht *Aïdoo* davon, daß sie in vielen Bereichen ihres Lebens nicht sinnvoll handeln könnten wegen all der Dinge, die sie durchgemacht haben. Sie hätten die Perspektive verloren. *Bugul* redet von einer Menschenklasse ohne Halt, die der Kolonialismus geschaffen habe. Er habe aus den meisten der AfrikanerInnen unlogische Geschöpfe gemacht: sie haben keine »eigene Formel« für ihre Befreiung gefunden und leben »nur auf fremdartige Weise weiter, ohne recht zu wissen, wer und was« sie waren. Und *Darko* mokiert sich – in eher gutmütiger Weise – sehr ausführlich über die mangelnde Urteilsfähigkeit ihrer Landsleute und ihrer Regierenden, die von den Verlockungen des Westens verführt würden. Auch der Sadismus der LehrerInnen bei *Bugul* und *Darko* ist eine Folge dieses kolonialen Eingriffs und der Verwirrung der Maßstäbe, die daraus entstand. EuropäerInnen müssen sich heute fragen lassen, wieweit sie die eigentlichen Ursachen aller dieser Deformationen noch anerkennen.

Bugul und *Darko* bestätigen beide, daß die Weißen auf ihre Völker anziehend und gleichzeitig abstoßend wirken; es entsteht eine Art Haßliebe zu den Weißen, denn diesen geht es ja meist nicht um Zuneigung sondern um Gewinn. *Aïdoo* und *Darko* lehnen auch den aufgezwungenen weißen Gott ab; *Bugul* als Muslimin ist davon nicht betroffen.

Daß Kinder von ihren Eltern an Andere weggegeben werden, ist in Westafrika ein verhältnismäßig häufiger Brauch, der bei den Kindern jedesmal emotionale Verwirrung stiftet. Existentiell wirkt sich das z.B. auf *Ken Bugul* aus, äußert sich aber auch bei Sefa in *Darkos* Buch. Meist werden solche Kinder aber als Arbeitskräfte herumgeschoben, selten werden sie schulisch so gut versorgt wie Sefa.

Aïdoo und *Darko* berichten vom Unwesen der drängenden Erwartungen der Daheimgebliebenen an die Ausgewanderten, und daß die Wahrheit nicht nach Hause mitgeteilt wird. *Ken Bugul* hat keine nahestehenden Verwandten, die solche Ansprüche stellen. Aber *Aïdoo* ist empört über die Ausflüchte der AfrikanerInnen in England, um ihren Verbleib im Ausland zu rechtfertigen, wozu auch die Versorgung der Angehörigen gehört. In radikaler Weise lehnt sie auch diese Hilfe ab, weil sie nichts Grundlegendes an den Süd-Nordbeziehungen ändert. Sefa bei *Darko* denkt wohl an ihre eigene Besserstellung und würde auch der Mutter helfen, aber, da sie es ablehnt, sich zu prostituieren, schafft sie es einfach nicht. Beide Schriftstellerinnen sehen das Verschweigen der Wahrheit als Schuld, der sich die Betroffenen aber nicht entziehen können.

Weder *Aïdoo* noch *Bugul* mit ihren hohen Ansprüchen, ihrem Verantwortungsgefühl für die ganze schwarze Welt, können im Ausland Befriedigung finden. *Aïdoo* kann ihren Landsleuten nicht verzeihen, daß sie nicht heimkehren, *Bugul* leidet für ihre ganze Rasse, wie sie sagt, unter der neokolonialen Ideologie. Sefa bei *Darko* sieht das Nord-Südverhältnis optimistischer, als einzige hat sie eine Freundin gefunden, der sie vertrauen kann und die sie versteht, eine Freundin aus der »Dritte-Welt« -Bewegung. Ob damit Hoffnung verbunden ist? Aber keine der drei Frauen kann sich mit total an die Forderungen des Westens angepaßten AfrikanerInnen verständigen.

In jedem Fall, und hier spreche ich als Vertreterin der »Ersten« Welt – auch wenn ich das Gefühl habe, daß afrikanische Kritik mich hart trifft, oder daß wir EuropäerInnen doch das Recht haben, so zu sein wie wir sind, wenn es niemander/m schadet – kann es nur hilfreich sein, die andere Seite kennenzulernen oder wenigstens zu erkennen, daß es eine andere Sichtweise gibt; zu sehen, wie sich Dinge, die mir selbstverständlich erscheinen, auf andere negativ auswirken oder sie zumindest erstaunen. Es geht um soziales Lernen, um interkulturelle Verständigung. In der heute für professionelles Arbeiten vielfach geübten und anerkannten Supervision ist die *Fremdsicht* von Problemen sehr wichtig geworden. SupervisorInnen stellen den Ratsuchenden Fragen, fassen zusammen und regen sie dadurch zum Denken in anderen, noch nicht verfolgten Bahnen an, so daß diese schließlich selbst zu Lösungen kommen können.

Für alle in Entwicklungspolitik und Bildungsarbeit Beschäftigten und alle, die sich für Menschen aus der »Dritten Welt« interessieren und mit ihnen zu tun haben, und das sind in zunehmendem Maße alle Menschen im Norden, ist so eine Fremdsicht, ein *feedback* äußerst nützlich, ja sogar notwendig, um Einstellungen ständig zu korrigieren und professionell zu arbeiten.

6. ANHANG

AFRIKANISCHE AUTORINNEN UND AUTOREN IN SEKUNDÄRLITERATUR UND TEXTSAMMLUNGEN DER 90er JAHRE – VERGLEICHSZAHLEN

Autor und Werk (chronologisch)	♂	♀
DRAPER, James P. (Hg.) Black Literature Criticism, Excerpts from Criticism of the Most Significant Works of Black Authors Over the Past 200 Years, Detroit and London, 1992, 2078 Seiten: von 125 AutorInnen aus Afrika und der Diaspora stammen 23 aus Afrika, davon	21	2
NNOLIM, E. Charles Approaches to the African Novel. Essays in Analysis,Lagos, Port Harcourt , 1992	11	0
HARROW, Kenneth Thresholds of Change in African Literature, London, 1993	10	1
NGARA, Emmanuel (Hg.) New Writing from Southern Africa. Authors Who Have Become Prominent Since 1980, London, 1996	11	1
FROMMLET, Wolfgang (Hg.) Die Sonnenfrau, Neue Erzählungen aus dem Schwarzafrika der anglophonen Länder, Wuppertal (Hammer), 1996	18	2
EHLING, Holger und Peter RIPKEN (Hg.) Die Literatur Schwarzafrikas: Ein Lexikon der Autorinnen und Autoren, München (Beck), 1997	78	17

Der Durchschnittsanteil von genannten Autor*innen* liegt unter zehn Prozent, bei Werken aus den achtziger Jahren noch tiefer.

Erst EHLING & RIPKEN erreichen 1997 sensationelle 22 Prozent, ohne jedoch *Ken Bugul* und *Amma Darko* zu erwähnen.

7. LITERATUR

AÏDOO, Ama Ata: Our Sister Killjoy or Reflections from a Black-eyed Squint, London (Longman) 1977.

AÏDOO, Ama Ata: Die Zweitfrau, Göttingen (Lamuv) 1998.

ARMAH, Ayi Kwei: The Beautiful Ones Are Not Yet Born, New York (Collier) 1969.

BRINKER-GABLER, Gisela und SMITH, Sidonie (Hg.): Writing New Identities. Gender, Nation and Immigration in Comtemporary Europe, Minneapolis–1997.

BUGUL, Ken: Die Nacht des Baobab, Eine Afrikanerin in Europa. Aus dem Französischen von Inge M. Artl, Zürich (Unionsverlag; Dialog Dritte Welt) 1985.

BUSBY, Margaret (Hg.): Daughters of Africa. An International Anthology of Words and Writings by Women of African Descent from the Ancient Egyptian to the Present, London (Jonathan Cape) 1992.

CAZENAVE, Odile: Femmes Rebelles. Naissance d'un roman africaine au féminin nouveau, Paris (L'Harmattan) 1996.

D'ALMEIDA, Irene Assila: Francophone African Women Writers, Destroying the Emptiness of Silence, Gainesville (University of Florida) 1994.

DARKO, Amma: Der verkaufte Traum, München (dtv) 1994.

DARKO, Amma: Spinnweben, Stuttgart (Schmetterling) 1996.

DARKO, Amma: Das Hausmädchen, Stuttgart (Schmetterling) 1999.

DAVIES, Carol Boyce, GRAVES, Anne Adams (Hg.): Ngambika. Studies of Women in African Literature, (Africa World Press) Trenton N. J. 1986.

»ES GIBT KEIN ZURÜCK«. LITERATURSAMMMLUNG EINER TAGUNG IN HOFGEISMAR, 1.–3. November 1996, unveröffentlichtes Manuskript. – {Zu Amma Darko}.

HERZBERGER-FOFANA, Pierette: Ecrivains africains et identités culturelles. Entretiens, Tübingen (Stauffenberg) 1989.

JAMES, Adeola: In Their Own Voices, African Women Writers Talk, London 1990.

KÉITA, Anta Diouf: L'Ecriture autobiographique dans le roman féminin sénégalais, in: Bernard MOURALIS 1991, S. 135–144.

LIONNET, Françoises and SCHARFMANN, Ronnie (Hg.): Post/Colonial Conditions: Exiles, Migration, and Nomadism, Yale French Studies no. 83, 1993.

MAGNIER, Bernard: Ken Bugul ou l'écriture thérapeutique (Interview) in: Notre Librairie, Oktober–Dezember 1985.

MOURALIS, Bernard (Hg.): Autobiographies et récits de vie en Afrique, Paris 1991.

NGUGI, wa Thiong'o: Writing against Neocolonialism, Wembley, Middlesex/ England (Vita) 1986.

NWANKWO, Chimalum: The Feminist Impulse and Social Realism in Ama Ata Aïdoo's *No Sweetness Here* and *Our Sister Killjoy*, in: DAVIES/GRAVES 1986, S. 151–159.

ODAMTTEN, Vincent O.: The Art of Ama Ata Aïdoo, Polylectics and Reading Against Neocolonialism, Gainesville (University Press of Florida), 1994.

OGUNDIPE-LESLIE, Molara: The Female Writer and Her Commitment, in: Women in African Literature Today, No. 19, Trenton N.J. 1987, S. 5–13.

SALVODON, Marjorie: Contested Crossings: Identities, Gender and Exile in Le baobab fou, in: SHARPLEY-WHITING/WHITE 1997, S. 113–125.

SHARPLEY-WHITING, T. Denean/WHITE, Renée T.: Spoils of War. Women of Colour, Cultures and Revolutions, Maryland (Lauham) 1997.

WATSON, Julia: Exile in the Promised Land: Self-Decolonization and Bodily Re-Membering in Ken Bugul's The Abandoned Baobab, in BRINKER-GABLER/SMITH 1997, S. 143–167.

8. **WERKVERZEICHNIS** zu den drei Schriftstellerinnen

AMA ATA AÏDO

Ama Ata AÏDO: The Dilemma of a Ghost, Legon Ghana 1964.

Ama Ata AÏDO: Anowa, London (Longman) 1970.

Ama Ata AÏDO: No Sweetnees Here, London (Longman) 1972.

Ama Ata AÏDO: Our Sister Killjoy or Reflections from a Black-eyed Squint, London (Longman) 1977.

Ama Ata AÏDO: Someone Talking to Sometime, Harare (College Press) 1985, Neuauflage 1996.

Ama Ata AÏDO: Changes. A Love Story, New York (Feminist Press at the City University of New York) 1993. – *Deutsche* Ausgabe: Die Zweitfrau, Göttingen (Lamuv) 1998.

KEN BUGUL

Ken BUGUL: Le Baobab Fou, Dakar (Les Nouvelles Africaines) 1982. – *Deutsche* Ausgabe: Die Nacht des Baobab, Eine Afrikanerin in Europa, Zürich (Unionsverlag; Dialog Dritte Welt) 1985.

Ken BUGUL: Cendres et Braises, Paris (L'Harmattan) 1994. – *Deutsche* Ausgabe: Töchter Afrikas, München (Marino) 1994.

AMMA DARKO

Amma DARKO: Beyond the Horizon, Oxford (Heinemann) 1991. – *Deutsche* Ausgabe: Der verkaufte Traum, München (dtv) 1994.

Amma DARKO: Spinnweben, Stuttgart (Schmetterling) 1996.

Amma DARKO: Das Hausmädchen, Stuttgart (Schmetterling) 1999.

9. ÜBER DIE AUTORIN

ILSE HANAK

Ilse Hanak promovierte in Wien, lebt in Salzburg – verheiratet, vier Kinder.

Zahlreiche Afrikareisen zu entwicklungspolitischen und kirchlichen Konferenzen, für Projektbesuche und als Wahlbeobachterin.

1976 Gründung der Selbstbesteuerungsgruppe EVS, von 1979 bis 1989 Mitarbeit beim Österreichischen Informationsdienst für Entwicklungspolitik (ÖIE).

Seit 1986 Mitglied des entwicklungspolitischen Beirates der Salzburger Landesregierung und seit 1991 Vorstandsmitglied im Evangelischen Arbeitskreis für Weltmission (EAWM).

Ab 1991 Lehrveranstaltungen an den Universitäten Salzburg und Linz/D. zum Thema *Frauen in Afrika*, darunter auch zu *afrikanischer Frauenliteratur* und zu *geschlechtsspezifischen Verhaltensweisen.*

Entwicklungspolitische Veröffentlichungen

- Frauen in Afrika: »... ohne uns geht gar nichts«, Frankfurt/M.–Wien (Brandes und Apsel – Südwind), 1995, 374 Seiten
- Gender-Defizite in entwicklungspolitischen Standardwerken, Wien (VIDC-Report Series 2/97), 1997, 34 S.
- Die österreichische Entwicklungszusammenarbeit und das Empowerment von Frauen. Vorgaben und Realität, in: Journal für Entwicklungspolitik (JEP), XVI/1, Wien, 1998, S. 53–73.

Verein für interdisziplinäre Forschung und Praxis (ViF)

ROSA-LUXEMBURG-INSTITUT

Tel./Fax (12–14 h): +43 [0] 222 / 31 74 929
E-Mail: rli@iguwnext.tuwien.ac.at
WebSite: http://iguwnext.tuwien.ac.at/~rli

Bankverbindungen:
PSK Wien, Kto. 92.010.871, BLZ 60.000
PGA Frankfurt/M., Kto. 46.55.66-603, BLZ 500.100.60
RLI, Julius-Tandler-Pl. 5/24, A-1090 Wien

WIR ÜBER UNS FÜR SIE

Das **ROSA-LUXEMBURG-INSTITUT** wurde 1990 als außeruniversitäres Forschungsinstitut gegründet mit dem Ziel feministischer Theorieentwicklung und praxisorientierter Forschung. Es soll feministische Ziele und Aktivitäten fördern und hat insbesondere die Aufgabe, Frauen in den naturwissenschaftlich-technischen »Männerdomänen« sowie im Arbeitsbereich »Dritte Welt« zu vernetzen, Frauen durch die Förderung ihrer wirtschaftlichen Selbständigkeit mächtiger zu machen, inter- und transdisziplinäre Forschungen in diesen Bereichen zu betreiben und so zu gesellschaftlichen Problemlösungen beizutragen.

Weitere Leistungen: Beratung, Dokumentation und Information, Veranstaltungen.

Im **RLI-VERLAG** werden Texte, Bibliographien und Arbeitshilfen zu Frauenforschung und Genderfragen publiziert.

Das **ROSA-LUXEMBURG-INSTITUT** kooperiert in seiner Arbeit mit zahlreichen Einzelpersonen, Gruppen und Institutionen. Wichtig sind insbesondere die Zusammenarbeit unterschiedlicher Wissensbereiche und die Zusammenarbeit mit Journalistinnen und Künstlerinnen.

Der **Verein für Interdisziplinäre Forschung und Praxis** ist seit 1991 die (nicht-staatliche) Trägerorganisation des RLI, deren Gemeinnützigkeit formell anerkannt wurde.

Eine Liste der Publikationen ist auf der **RLI-Webseite** einsehbar, desgleichen die jährlichen Tätigkeitsberichte, siehe http://iguwnext.tuwien.ac.at/~rli.

Wir freuen uns über neue Mitglieder (Einsendeformuar siehe umseitig)!

Jede **Frau**, die die Ziele des Vereins unterstützt, kann *ordentliches* und/oder förderndes Mitglied werden. Jeder **Mann**, der unsere Ziele unterstützen will, kann *förderndes* Mitglied werden.

Jährliche Beitragshöhe:

Für ordentliche Mitglieder öS 250,–; für fördernde Mitglieder: öS 500,–.

Für StudentInnen und Personen mit geringem Einkommen öS 150,–;

Bankverbindungen: P.S.K. Wien, Konto 92 010 871, BLZ 60 000;

PGA Frankfurt/M., Konto 46 55 66-603, BLZ 500 100 60.

Mit Ihrer Förder-Mitgliedschaft oder Spende leisten Sie einen wichtige Unterstützung für die Frauenforschung!

Verein für Interdisziplinäre Forschung und Praxis (ViF)

ROSA LUXEMBURG Institut

RLI, Julius-Tandler-Pl. 5/24, A-1090 Wien

UNTERSTÜTZUNG WIE?

Die wissenschaftlich und gesellschaftspolitisch wichtige Arbeit des RLI mußte bislang großteils ehrenamtlich und unter sehr schwierigen Arbeitsbedingungen erfolgen, auch wenn unsere Projekte von zahlreichen Personen und Institutionen wohlwollend betrachtet werden und manchmal auch finanziell gefördert wurden. Unabdingbar für die längerfristige Arbeit ist jedoch eine minimale Grundfinanzierung, zu der bislang kein ausreichend formulierter oder durchsetzungsfähiger politischer Wille bestand, obwohl unser Frauenforschungsinstitut das einzige dieser Art in Österreich und bewußt partei*unabhängig* ist. Wir sind eine ausschließlich gemeinnützige, *nicht* auf Gewinn gerichtete Vereinigung.

Sie helfen mit Ihrer moralischen und/oder politischen Unterstützung, unsere Tätigkeit aufrechterhalten zu können.
Ihre Spenden helfen uns, unsere wichtige Arbeit weiterhin leisten zu können!

Die Spenden für RLI/ViF sind von der Steuer absetzbar.
Selbstverständlich ist es auch möglich, gezielt bestimmte Projekte zu unterstützen – ein entsprechender Vermerk auf Ihrer Überweisung genügt.

Bankverbindungen: Verein für Interdisziplinäre Forschung und Praxis
PSK Wien, Kto. 92.010.871, BLZ 60.000
PGA Frankfurt/M., Kto. 46.55.66-603, BLZ 500.100.60

✂ --

BEITRITTSERKLÄRUNG (bitte einsenden
oder faxen an: RLI, Julius-Tandler-Pl. 5/24, A-1090 Wien, Fax +43/1/3174929):

Hiermit beantrage ich die **Mitgliedschaft** im Rosa-Luxemburg-Institut / Verein für Interdisziplinäre Forschung und Praxis

Name: ______________________________

Fachgebiet/e: ______________________________

Straße: ______________________ Hausnr.: __________

PLZ: ________ Ort: ____________________, Staat: __________

Tel.: ____________, Fax ____________, E-mail: ______________

als ordentliches Mitglied / als förderndes Mitglied (*bitte Nichtzutreffendes streichen*).

O Ich verpflichte mich zur regelmäßigen Einzahlung meiner Beiträge.
O Ich gebe hiermit die Einzugsberechtigung zur jährlichen Abbuchung meiner Mitgliedsbeiträge von meinem Konto
Nr. ____________ bei ____________________, BLZ __________

Ort: ________ Datum: ________ Unterschrift: ____________________

WEITERE PUBLIKATIONEN AUS DEM RLI

Verein für interdisziplinäre Forschung und Praxis (ViF)

ROSA-LUXEMBURG-INSTITUT

ViF: Postfach 12, A–1091 Wien, Austria/Europe
RLI: Julius-Tandler-Pl. 5/24, A–1090 Wien
E-mail: <rli@iguwnext.tuwien.ac.at>
WWW: http://iguwnext.tuwien.ac.at/~rli

Bankverbindungen:
PSK Wien, Kto. 92.010.871, BLZ 60.000
PGA Frankfurt/M., Kto. 46.55.66-603, BLZ 500.100.60

Arbeitsbereiche DIDAKTIK/ERZIEHUNG und ÖKOLOGIE/NATURWISSENSCHAFT/TECHNIK/MEDIZIN

- **Gesucht und gefunden: Mädchenfreundliche Kinderbücher. Bücher österreichischer Verlage für 6–10jährige unter dem Aspekt der Gleichberechtigung,** Arbeitspapiere aus dem RLI 5, von Ilse M. Seifried, 2. Aufl. Wien 1997. – ISBN 3-901239-13-2; Preis: ÖS 150.– / DM 19,80 / SFr 19,80 / EUR 12,–.
- **Lesetexte ohne Rollenklischees für 10–bis 14jährige,** Bd. II, hg. von Martina Dutter-Jonas/Ilse Seifried, 2. Aufl., Wien 1997. – ISBN 3-901229-09-4; ÖS 240,– /DM/SFr 34,90 /EUR 19,–
- **FQ - Das Frauenquiz. Lustvolle Verirrungen im Labyrinth der Frauenfragen. Ein Buch zum Spielen. Ein Buch zum Lesen.** AUF-Sonderband, von Ilse M. Seifried, Wien 1991. – ISBN 3-901229-05-1; Preis: ÖS 190.– / DM 28.– / SFr 28.– / EUR 15,–
- **Fragen emanzipatorischer Ausstellungs- und Museumsdidaktik: Abbau von Vorurteilen durch Ausstellungen?** Bericht für das Kulturamt der Stadt Wien. Arbeitspapiere aus dem RLI 1, von M. Maurer, Wien 1990 (*vergriffen*).
- **Synapsen. Katalog zum Video,** von Gertrude Moser-Wagner und Elizabeth McGlynn, Wien 1992. – ISBN 3-900300-11-6; Preis: ÖS 120.–/DM 19.–/SFr 19.–/EUR 9,– (lieferbar auch das zugehörige **Video** in **englisch** oder **deutsch**; Preise auf Anfrage).
- **Forschen Frauen anders? AnSÄTZE – AnSPRÜCHE – AnFORDERUNGEN – von Frauen in den Naturwissenschaften,** von M. Maurer, L. Berthe-Corti, G. Freise, P. Hynes, Wien 1998. – ISBN 3-901229-10-8, Preis: ÖS 339.– / DM 49,– / SFr 49.– / EUR 25,–
- **Frauenforschung in Natur-wissenschaften, Technik, Medizin. – Dokumentation und Bibliographie.** – Literatur, Zeitschriften, Adressen, von Margarete Maurer, Wien (WFV) 1993. – ISBN 3-900300-59-X; Preis: ÖS 444.– / DM 64,– / SFr 64.– / EUR 34,– /USD 39,–
- **Anziehung und Abstossung. Ein Diskussionsbeitrag zum Verhältnis von feministischen Sozial- / Geisteswissenschaft(lerinn)en und Natur- / Ingenieurwissenschaft(lerinn)en.** Arbeitspapiere aus dem RLI 2, von Margarete Maurer, Wien 1990. – ISBN 3-901229-01-9; Preis ÖS 78.– / DM 14.– / SFr 14.– / EUR 5,95.

Alle Preisangaben verstehen sich als Unkostenbeitrag zu den Erstellungskosten.

Bestellungen (Preise jeweils zuzüglich Versandkosten, keine MWSt/UID) an:

RLI-Buchversand, Büro Kreitner, Gerhardusgasse 26/7, A-1200 Wien, Österreich.
Fax ++43 / 1 / 3301976, E-mail: <g.kreitner@xpoint.at>

Verein für interdisziplinäre Forschung und Praxis (ViF)

ROSA-LUXEMBURG-INSTITUT

ViF: Postfach 12, A–1091 Wien, Austria/Europe
RLI: Julius-Tandler-Pl. 5/24, A–1090 Wien
E-mail: <rli@iguwnext.tuwien.ac.at>
WWW: http://iguwnext.tuwien.ac.at/~rli

Bankverbindungen:
PSK Wien, Kto. 92.010.871, BLZ 60.000
PGA Frankfurt/M., Kto. 46.55.66-603, BLZ 500.100.60
PC Zürich (keine BLZ), Kto. 80-76642-3 (Dr. Maurer/Institut)

Arbeitsbereich
ENTWICKLUNGSPOLITIK UND REGIONALENTWICKLUNG

Rosa Luxemburg: »Ich bin ein Land der unbeschränkten Möglichkeiten«. Arbeitspapiere aus dem RLI 7, von Cornelia Krauß, Trautlind Klara Schärr, Sonja Volkmann-Schluck, Michael Pröbsting, hg. von M.Maurer, Wien 1999. – ISBN 3-901229-14-0. – ÖS 190.– / DM 28.– / SFr 28.– / EUR 13,90.– / USD 15,–.
Frauen in Mitteleuropa heute, hg. von Aspekt, Bratislava, zusammengestellt von Stella Avallone. Mit Beiträgen von Jirina Siklova, Zuzana Kiczkova, Maria Anna Knothe, Judit Acsady, Dorothea Gaudart, Bratislava–Wien 1998. – ISBN 3-901229-16-7. – ÖS 190.– / DM 28.– / SFr 28.– / EUR 13,90– / USD 15,–.

Dokumentation zur Veranstaltung Frauenforschung in der VR China, anläßlich der 4. Weltfrauenkonferenz 1995 in Peking, hg. von ViF/RLI und der AG Frauenrechte Menschenrechte. Arbeitspapiere aus dem RLI 4, Wien 1995 (ISBN 3-901229-12-4). – ÖS 69.– / DM 7,– / SFr 7,– / EUR 3,90.

FRAUENFORSCHUNG INTERNATIONAL - **DOKUMENTATION/BIBLIOGRAPHIE,** von Margarete Maurer, Barbara Smetschka u. a., 5 Bände á 500–960 Seiten

Teil 1: Frauenforschung International – Ausländische Frauen in Westeuropa. Frauen in Ost, Süd- und Südosteuropa (ISBN 3-901229-07-8, noch nicht lieferbar).

Teil 2/3: »Ich bin jetzt ein mutigerer Mensch...« – Frauenforschung und Frauenbewegung in den Ländern des NAHEN UND MITTLEREN OSTENS, in ASIEN, OZEANIEN, AUSTRALIEN (ISBN 3-901229-04-3). – ÖS 896,– /DM/SFr 128,– /EUR 69,– / USD 75,–

Teil 4: »Wir werden unsere Stimme unüberhörbar machen...« – Frauenforschung und Frauenbewegung in AFRIKA (ISBN 3-901229-03-5). – ÖS 590,–/DM/SFr 79,–/EUR 49,–/USD 50,–

Teil 5/6: »Wir haben viel gelernt..« – Frauenbewegung, Frauenforschung und Feminismus in LATEINAMERIKA UND IN DER KARIBIK. – Indianische, schwarze und farbige Frauen in NORDAMERIKA (ISBN 3-901229-02-7). – ÖS 590,– /DM/SFr 79,– /EUR 49,– / USD 50,–

Teil 7/8: Frauenforschung International – BIBLIOGRAPHIEN, ADRESSEN, DIDAKTIK, MEDIENKATALOG (ISBN 3-901229-08-6). – ÖS 896,– /DM 128,– /EUR 69,– / USD 75,–

Teil 8 (Medien-Sonderband): Didaktik (Bibliographie und Material), Filmliste, Medien (ISBN 3-901229-15-9). – ÖS 290,–/DM 39,–/EUR 22,–/USD 19,–

Alle Preisangaben verstehen sich als Unkostenbeitrag zu den Erstellungskosten.

Bestellungen (Preise jeweils zuzüglich Versandkosten, keine MWSt/UID) an:

RLI-Buchversand, Büro Kreitner, Gerhardusgasse 26/7, A-1200 Wien, Österreich
Fax ++43 / 1 / 3301976, E-mail: <g.kreitner@xpoint.at>

Margarete Maurer / Barbara Smetschka

FRAUENFORSCHUNG INTERNATIONAL
DOKUMENTATION/BIBLIOGRAPHIE TEIL 4

Frauenforschung und Frauenbewegung in A F R I K A

Umfassende Bibliographie,
geordnet nach regionalen und systematischen Gesichtspunkten:
z.B. Geschichte, Arbeit, Literatur, Religion, Arabische Frauen, nomadische Frauen etc.

Vielfach mit Rezensionen, Bibliotheksstandorten,
Bezugsadressen, Übersetzungen, Annotationen.

606 Seiten, 8 Karten, zahlreiche Querverweise, Index,
Liste von Standorten und Datenbanken, ISBN 3-901229-03-5.

V e r l a g : Verein für Interdisziplinäre Forschung und Praxis / RLI-Verlag
PF 12, A-1091 Wien, Austria/Europa, Fax +43/1/3174929, E-mail: rli@iguwnext.tuwien.ac.at

Ein MUSS für jede Fachbibliothek

Bestelladresse: Fax +43/1/3301976, E-mail: g.kreitner@xpoint.at

Ich bestelle hiermit .... Ex. von »Frauenforschung International 4, AFRIKA, ISBN 3-901229-03-5, zum Preis von DM 79.– /ÖS 590,– / SF 71,– pro Ex. zuzüglich Versandkosten (keine MWSt/UIDs).

o Scheck über of DM / ÖS / SF .... liegt bei

o Ich zahle per Überweisung / VISA-Karte No. ....

Adresse: ....

....

....

(Datum) (Unterschrift)

An den **RLI-Buchversand**
Büro Kreitner
Gerhardusgasse 26/7
A-1200 WIEN
Austria, EUROPA